奎文萃珍

人鏡陽秋

第二册

［明］汪廷訥 撰

文物出版社

人鏡陽秋

人鏡陽秋卷四

明新都無無居士汪廷訥昌朝父編

忠部

奉使類

無無居士曰使者憑君之靈以不辱命為貴然執圭持節兩者皆使顧列國與虜庭異但游旋接轂於盤坫間者其不辱易而冒刃齒劒於腥羶間者其不辱難嗟夫雪窖銷魂氷天灑血銜命萬里折衝三寸抵十萬師宜哉

忠部
人鏡陽秋卷之四
二
環翠堂

陰飴生

晉陰飴生會秦伯盟於王城秦伯曰晉國和乎對曰不和小人恥失其君而悼喪其親不憚征繕以立圉也曰必報讎君子愛其君而知其罪不憚征繕以待秦命曰必報德以此不和秦伯曰國謂君何對曰小人慼謂之不免君子恕以為必歸小人曰我毒秦秦豈歸君君子曰我知罪矣秦必歸君貳而執之服而舍之德莫厚焉刑莫威焉服者懷德貳者畏刑此一役也秦可

以霸納而不定靡而不立以德為怨秦不其然
秦伯曰是吾心也乃歸晉侯

無無居士曰善哉呂甥可謂使命不辱矣夫主辱臣死韓原之役辱莫甚焉韋而甥之使述小人以樹戚而憚秦又述君子以引咎而動秦皆死心也秦雖暴橫安得不憚而且動哉秦伯乃謂是吾心是中竅之論矣柰何後以畏偪故而蒙秦伯之戮哉惜也噫

部
鏡陽
四
環翠堂

蹶由

春秋蹶由吳子之弟也時楚子伐吳以馹至於羅汭吳子使蹶由犒師楚人執之將以釁鼓王使問焉曰卜來吉乎對曰吉寡君聞君將治兵於敝邑卜之以守龜曰余亟使使人犒師請行以觀王怒之疾徐而為之備尚克知之龜兆告吉曰克可知也君若驩焉好逆使臣滋敝邑休殆而忘其死亡無日矣今君奮然震電馮怒虐執使臣將以釁鼓則吾知所備矣敝邑雖羸若

畢脩完其可以息師難易有備可謂吉矣且吳
社稷是卜豈為一人使臣獲釁軍鼓而敝邑知
備以禦不虞其為吉孰大焉國之守龜其何事
不卜一臧一否其誰能常之城濮之兆其報在
邲今此行也其庸有報志乃弗殺

無無居士曰吳蹶由臨難亢辭借凶為吉殊
無楚囚之態豈真守龜告吉哉彼即人中之
元龜也夫吳楚不相下已久赫赫楚國江漢
是憑區區之吳即以釁鼓且自分之及巫臣

伍員之憤逞楚始疲於奔命矣嗚呼楚釁吳耶吳釁楚耶

人鏡陽秋卷四

忠部
竟易火卷四
七
環翠堂

蘇武

漢蘇武字子卿武帝時為中郎上遣武送匈奴使還匈奴匈奴脅武降武不屈乃幽武置大窖中絕不飲食天雨雪武齧雪與旃毛并咽之數日不死匈奴以為神乃徙武北海上無人處使牧羝日飲羝乳適有漢侍中李陵降在匈奴乃置酒與飲勸武降謂武曰人生如朝露何苦如此武曰武父子位列將爵通侯願肝膽塗地今得殺之誠甘樂願勿復言後得還鬚鬢盡白封

典屬國

無無居士曰蘇武之峻節千載以下讀其傳猶令人寒心而銷骨然衛律之說降與李陵一也于律則罵之于陵直効死其前豈不謂故人耶至於酒酣起舞泣下數行忍哉漢武棄之絕域而子卿生還當䟽高爵崇茅土猶不足酬之乃僅典屬國漢武真少恩哉

忠部

九

環翠堂

鄭衆

漢鄭衆字仲師永平初北匈奴求和親顯宗遣衆持節使匈奴至北庭虜欲令拜衆不爲屈單于圍守之欲脅衆衆拔刀自誓單于恐而止乃更發使隨衆還京師衆上疏曰北單于所以要致漢使者欲以離南單于之衆堅三十六國之心耳雖勿報答可也帝不從復遣衆衆既行在路連上書固争之詔追衆還繫廷尉會赦免歸帝得衆與單于争禮之狀乃復召衆爲軍司馬

無無居士曰匈奴所以恐喝漢死者其伎倆止於拘囚困苦亦畏漢強大不敢甚加害也苟遮得其情出機權以制其利害則一使之任賢於十萬師矣鄭衆不屈固已讋服其心柰非凡所見漢廷自沮之何夫爭之於虜庭仍遷就以報答古今之通患也惜哉

忠部
十一
環翠堂

班超

漢班超字仲升扶風人章帝時為將兵長史使西域鎮撫於窴衛侯李邑因上書陳西域之功不可成又盛毀超擁愛妻抱愛子安樂外國超聞之歎曰身非曾參而有三至之讒恐見疑於當時矣遂去其妻帝知超忠乃切責邑令邑詣超受節度詔超若邑任在外者便留與從事超即遣邑將烏孫侍子還京師徐幹謂超曰邑前毀君欲敗西域今何不緣詔書留之超曰以邑

毀超故今遣之内省不疚何卹人言快意留之非忠臣也

無無居士曰班定遠使西域坦步葱嶺咫尺龍沙固欲膏身於此以要功名計其棄毛錐而荷長戟即父彪兄固丼捐家學以圖肘後之懸矣及讒行而投杼之疑免反遣邑以還京非虛懷者不能其萬里雄飛而玉關生還信丈夫之庋越者也

忠部
十三

温嶠

晉温嶠字太真與劉琨在幷州雖隔閡寇戎志存本朝琨謂温嶠曰班彪識劉氏復興馬援知光武可輔今晉祚雖衰天命未改吾欲立功於河北使卿延譽於江南子其行乎温曰嶠雖不敏明公以桓文之姿建匡立之功豈敢辭命遂過江于時江左營建始爾綱紀未舉温新至深有諸慮既詣[illegible]陳主上幽越有黍離之痛温忠慨深烈言與泗俱丞相亦與之對泣叙情

既畢便深自陳結丞相亦厚相酬納既出懽然
言曰江左自有管夷吾此復何憂
無無居士曰史稱太真辭親蹈義雖申胥何
以尚是諱其絕裾而嘉其奉表矣夫歷萬里
而報軀不恤其宣力本朝之志已堅故能受
遺全節擊憤之智早貽拔舌之怒枕戈之恍
卒致皇輿之旋徽夫人之忠憤王處仲不幾
移國乎劉琨慷慨清嘯解圍卒也推心異類
以致幽圄痛哉

忠部
十五
環翠堂

鄭元璹

唐鄭元璹貞觀中為鴻臚卿母喪免會突厥提精騎數十萬攻太原詔起元璹持節往勞既至虜以不信咎中國元璹隨語折讓無所屈徐乃數其背約突厥愧服因好謂頡利曰突厥得唐地無所用唐得突厥不可臣而使兩不為用而相攻伐何哉今掠財資劫人口皆入所部可汗一不得豈若仆旗接好則金玉重幣一歸可汗且唐有天下約可汗為兄弟使駟銜簪於道今

坐受其利不肯乃蔑德貽怨自取勞苦若何頡利遂引還太宗賜書曰知公口伐可汗如約遂使邊火息燧朕何惜金石賜于公哉

無無居士曰大丈夫不登鉉擁纛得持節禦虜於口舌間為朝廷增氣亦自以豪突厥當貞觀中嘗薦食中國鄭鴻臚往信盟誓論和戰利害叢部落私情即頡利雖暴安肯棄利就害以犯區脫而望其腹哉宜太宗金石之賜謂單于接踵如樂之和而魏絳為復覩也

忠部
人鏡陽秋卷四
十七
環翠堂

富弼

宋富弼字彦國河南人契丹欲得晉高祖所與關南十縣慶曆二年聚重兵境上遣其臣来聘仁宗命宰相擇報聘者宰相以富弼名聞乃以公報聘見虜主虜主曰南朝違約塞鴈門增塘水治城隍籍民兵此何意也群臣請舉兵而南寡人以謂不若遣使求地求而不獲舉兵未晚公曰北朝忘章聖皇帝大德乎澶淵之役若從諸將言北兵無得脱者且北朝與中國好則人

主專其利而臣下無所獲若用兵則利歸臣下而人主任其禍故北朝諸臣爭勸用兵者此皆其身謀非國計也就使勝所亡士馬群臣當之歟亦人主當之歟若通好不絶歲幣盡歸人主臣下所得止奉使者歲一二人耳群臣何利焉虜主大悟首肯久之曰卿且歸矣

無無居士曰富鄭公使契丹乃宋代不朽之鴻勳也當慶曆間元昊跳梁西陲用兵北虜復乘間啟釁羽書旁午不有皇華星軺輾破

虜謀則奚車胡馬馳突郊甸矣鄭公一說壯
本朝之體勢折虜人之情窾南北通和疆埸
恬謐直至宣和結金好撤藩籬舉鄭公之盟
約而弁髦之靖康之禍稔欲輸歲幣如金酋
非遼比何

鏡陽秋卷四

忠部
二十
環翠堂

洪皓

宋洪忠宣公皓奉使金軍大酋粘罕迫與副使官僞齊公曰萬里銜命不得御兩宫以歸大國虔不足有中原當還諸本朝乃違天奉逆豫豫可磔萬段顧乃忍事之耶粘罕怒命壯士擁下執劍夾承之公不爲動旁貴人嗜曰此真忠臣也止劍士以目爲跽請遂流遞于冷山冷山皆陳王悟室聚落悟室嘗得獻取蜀策持以問公公歷陳古事梗之悟室大怒曰汝作和事官却

口硬謂我不能殺汝耶公曰自分當死顧大國無受殺行人之名此去蓮花濼三十里使之乘舟一人蕩諸水以墜淵為言可也悟室義而止

無無居士曰洪忠宣可謂古今勁節云夫二聖不返冷山流遞四月草生而寒暑倒易南冠涕泣甘作楚囚即粘罕狼噬悟室鯨吞遠愧庾生不得御太公而歸漢矣縱委身異域其如銜命何嗚呼胡馬北風越鳥南枝忠宣此情覩漢幟於陰山之北雖死亦快云

朱弁

宋朱弁字少章徽州婺源人吏部松之從叔父也為通問副使使金至雲中見粘罕邀説甚切粘罕不聽使就館守之以兵弁復與書言用兵講和利害甚悉金人迫弁仕劉豫且訹之曰此南歸之漸弁曰豫乃國賊吾嘗恨不食其肉又忍北面臣之金人怒絕其餼遺以困之其後王倫再使復歸以弁奉送徽考大行之文為獻其詞有曰臣等猥以凡愚誤蒙選擇茂林豊草被

雨露於當年絕黨殊隣犯風霜於將老節上之旌盡落口中之舌徒存嘆馬角之未生魂消雪窖攀龍鬚而莫逮淚灑氷天高宗讀之感涕

無無居士曰朱少章之使虜自分以必死逼仕豫以死拒遺人書以死期題其墓以死報至送大行之詞又云攀龍鬚而莫逮其死君之心何嘗一刻忘耶噫白頭都盡青史誰眞所不泯者丹心爾余謂少章其不死云

人鏡陽秋卷五

明新都無無居士汪廷訥昌朝父編

忠部

致命類

無無居士曰士人大節其一見危致命也夫當危難之秋稍忠於君者誰忍掉臂而去蓋死社稷死封壃死雖不同命之所遇均當致焉命者稟於天受於親天親不得而私也惟懸于君必致之而後稟且受者斯完哉

忠部
二
睘翠堂

晏子

齊崔杼弑莊公合士大夫盟盟者皆脫劍而入言不疾指血至者死所殺者十餘人次及晏子奉桮血仰天而嘆曰惡乎崔杼將為無道而殺其君於是盟者皆視走崔杼謂晏子曰子與我吾將與子分國子不與我殺子直兵將推之曲兵鉤之吾願子之圖之也晏子曰吾聞留已利而倍其君非仁也刼以刃而失其志者非勇也詩曰莫莫葛藟延于條枚愷悌君子求福不回

嬰其可固矣直兵推之曲兵鉤之嬰不之革也崔杼曰舍晏子晏子起而出授綏而乘其僕馳晏子撫其手曰麋鹿在山林其命在庖廚命有所懸安在疾驅安行成節然後去之

無無居士曰崔子挾弒君之餘厲刼士大夫盟晏子不盟且不死不亡而謂非其私暱誰敢任之正社稷為重之謂史遷以見義不為譏郃二泉以不明討賊譏二者皆非定論夫晏子命尚懸于杼既不死亡他無可為勢也

鏡陽秋卷五

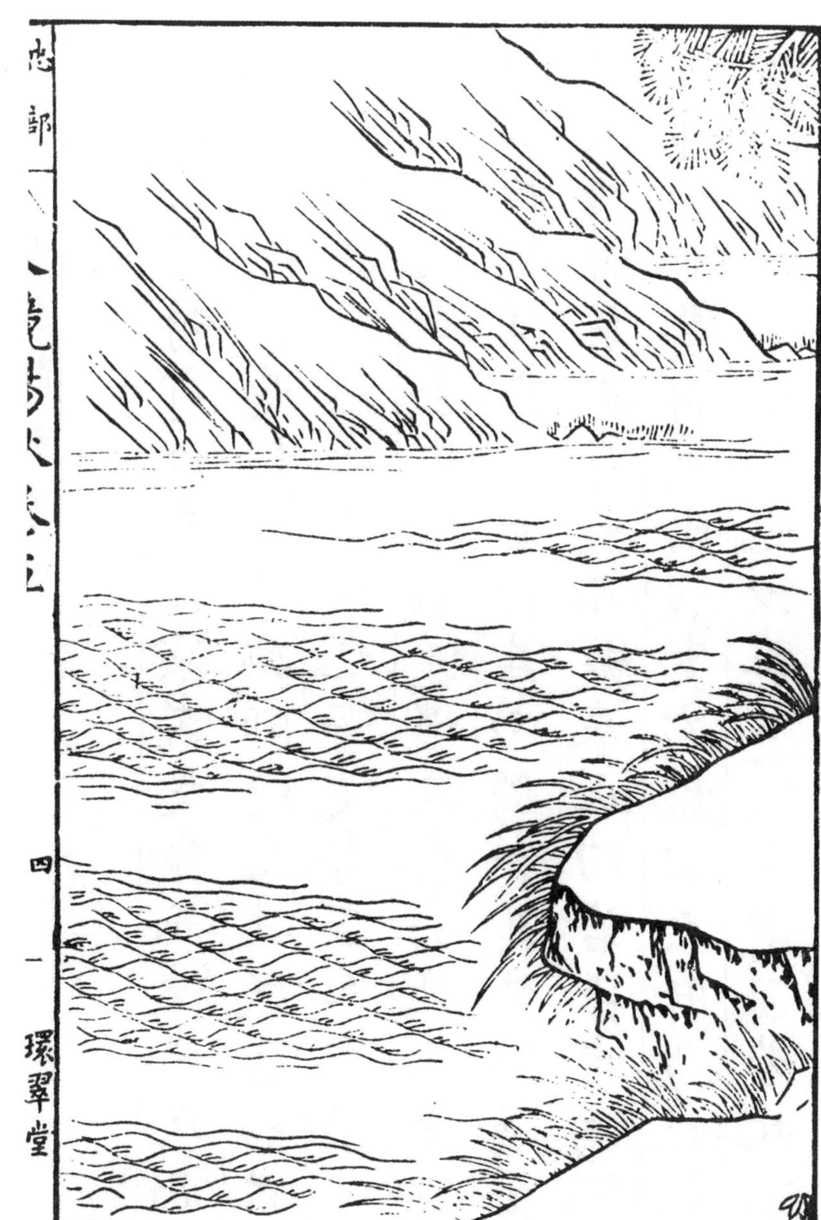

忠部

四一

環翠堂

弘演

衛懿公之時有臣曰弘演者受命而使未反而狄人攻衛於是懿公欲興師迎之其民皆曰君之所貴而有祿位者鶴也所愛者宮人也亦使鶴與宮人戰余安能戰遂潰而皆去狄人至攻懿公於滎澤殺之盡食其肉獨舍其肝弘演至報使於肝辭畢呼天而號哀止曰若臣者獨死可耳於是遂自刳出腹實內懿公之肝乃死桓公聞之曰衛之亡也以無道也今有臣若此不

可不存於是復立衛于楚丘如弘演可謂忠士矣殺身以捷其君非徒捷其君又令衛之宗廟復立祭祀不絕可謂有大功矣

無無居士曰昔人以于讐請矢孟陽捫狀與納肝並稱嗟夫非其倫矣懿公撫有衛國即鶴有乘軒者不過志栖于清遠閑放爾然無事而鶴寵有事而民奮鶴與國人不有分耶柰何衛人一懟而忍其君死於狄是國人皆化於鶴謂之小人乘軒奚不可云惟弘演痛

其君罹禍至納肝而死之其振翮凌霄之姿豈凡羽可得齊衛國羽儀再振賴之矣

人鏡陽秋卷五

柱厲叔

春秋柱厲叔事莒敖公自為不知已去居海上夏日則食菱芡冬日則食橡栗莒敖公有難柱厲叔辭其友而往死之其友曰子自以為不知已故去今往死之是知與不知無辯也柱厲叔曰不然自以為不知故去今死是果不知我也吾將死之以愧後世之人主不知其臣者也凡知則死之不知則弗死此直道而行者也

無無居士曰狼瞫以見黜而勵君子韙之則

桂厲之奮於不知宜無貶辭第狼瞫黜在行伍死猶職耳桂厲已去海上矣親狎白鷗投綸鼓枻歌長慧樂無知豈不足了一生耶乃迺而死君之難不過激於名也且曰以愧人主不知其臣者是誠死名也非死不知也忠之過哉

人鏡陽秋卷五

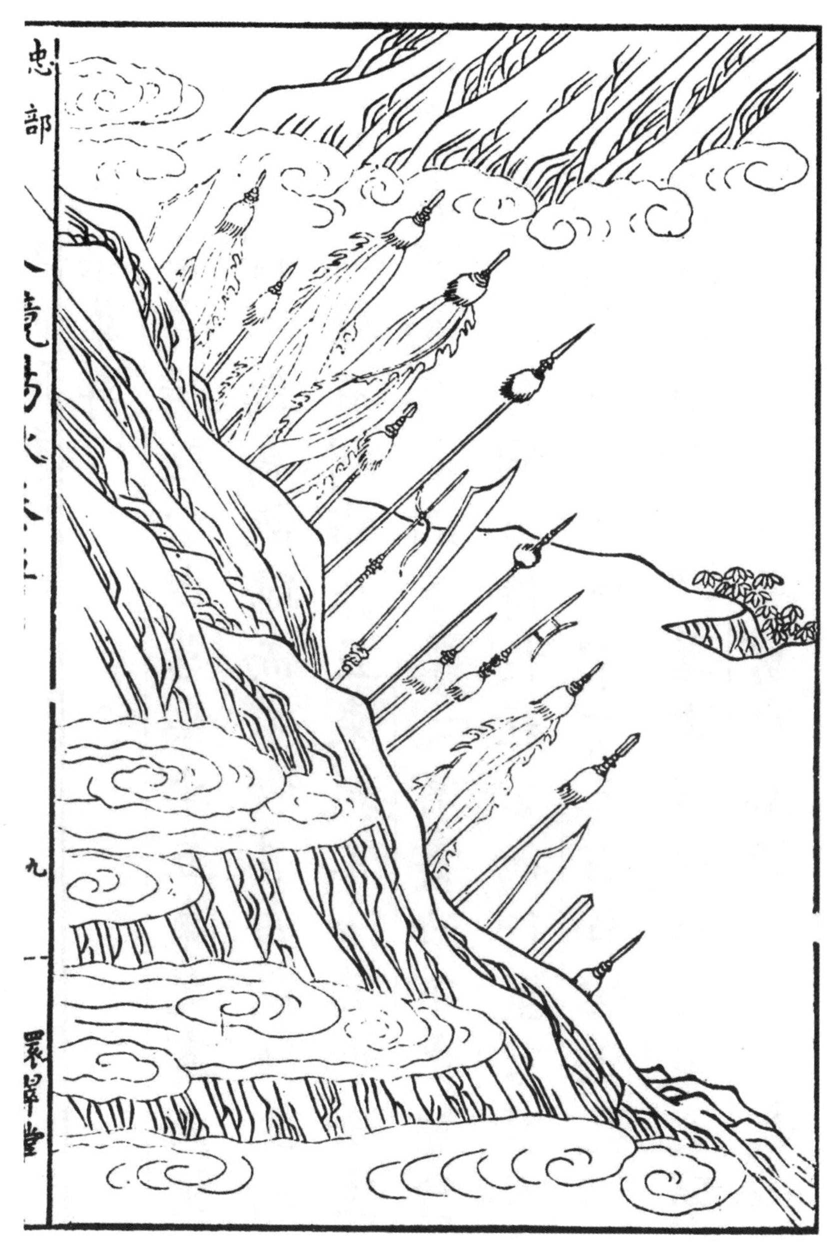
忠部
九

杞梁華舟

齊杞梁華舟時莊公伐莒為車五乘之賓而杞梁華舟獨不與焉故歸而不食其母曰汝生而無義死而無名則雖非五乘孰不汝笑也汝生而有義死而有名則五乘之賓盡汝下也趣食乃行杞梁華舟同車侍於莊公而行至莒莒人逆之杞梁華舟下鬬獲甲首三百莊公止之曰子止與子同齊國杞梁華舟曰君為五乘之賓而梁舟不與焉是少吾勇也臨敵涉難止我以

利是汙吾行也深入多殺者臣之事也齊國之利非吾所知也遂進鬬壞軍陷陣三軍弗敢當至莒城下莒人以炭置地二人立有間不能入隰侯重為右曰吾聞古之士犯患涉難者其去遂於初也來吾踰子隰侯重伏楯伏炭二子乘而入顧而哭之華舟後息杞梁曰汝無勇乎何哭之久也華舟曰吾豈無勇哉是其勇與我同也而先吾死是以哀之莒人曰子毋死與子同莒國梁舟曰去國歸敵非忠臣也去長受賜非

正行也且鷄鳴而期日中而忘之非信也深入多殺者臣之事也莒國之利非吾所知也遂進鬬殺二十七人而死

無無居士曰莊公為勇爵州綽不與猶曰晉隸令為車五乘之賓以襲莒而杞梁華舟不與豈故抑而激之耶然二子之勇隰侯重為先鳴竟死于莒爵耶車耶勇而先鳴者屬之誰耶莊公於是失爵賞之典矣既也撫楹而歌勇士未見有先鳴者豈無以死莒者死君

耶噫

忠部
十二

伍員

吳王夫差敗越於夫椒遂入越越子保於會稽使大夫種行成吳將許之伍員曰不可句踐能親而務施施不失人親不棄勞與我同壤而世為仇讎於是乎克而弗取將又存之違天而長寇讎後雖悔之不可食已弗聽退而告人曰越十年生聚而十年教訓二十年之外吳其為沼乎後吳將伐齊越子率其衆以朝焉王及列士皆有饋賂吳人皆喜唯子胥懼而又諫弗聽王

賜之屬鏤以死

無無居士曰子胥欲亡越以其為國之心疾也然忠能忘身而不能忘家雖屬子於齊未足深累孝知有親而不知有國楚國可覆乎父兄死國欲存之也覆之不亦甚哉其不伐鄭者亦以楚人視建也豢吳治吳其所憂者深矣彼楚人越人誠不足以肝膽視

人鏡陽秋卷五

忠部
十四
環翠堂

王蠋

王蠋居齊之畫邑燕昭王使樂毅伐齊毅之入齊也聞蠋賢令於軍曰環畫三十里毋入使人謂蠋曰齊人多吾子之義吾以子為將封子萬家蠋因謝燕人燕人曰子不聽吾引三軍而屠畫邑蠋曰忠臣不事二君貞女不更二夫齊王不聽吾言故退而耕于野國既破亡吾不能存今有劫之以為將是助桀為暴也與其生而無義固不如烹遂懸其頸於樹枝自奮絶脰而死

齊亡大夫聞之曰蠋布衣義猶不背齊向燕況在位而食祿者乎乃相聚求諸公子立為襄王

無無居士曰樂毅欲將蠋以風齊城未下者反為齊借資甚矣此舉之謬也夫人以賢稱既不覬重利亦不慱名高忍以身賣國乎必從而死之死則義聲震齊境詎謂吹竽鼓瑟鬬雞走犬之徒寧不振臂一呼運三尋之矛以向敵耶是毅為齊樹幟以自什也雖然蠋死而齊以存可謂不徒死也已

忠部

十六

王尊

西漢王尊字子贛涿郡高陽人治尚書論語初元中舉直言任虢令擢安定太守後遷益州刺史道至邛郲九折阪先是王陽守是州至此王陽嘆曰奉先人遺體柰何數乘此險後以病去至是尊復至其阪問其吏曰此非王陽所畏道邪吏對曰是尊遂叱其御疾驅之乃曰王陽為孝子王尊為忠臣後治河水有功上嘉之陞京兆尹秩二千石加賜黃金二十斤數歲卒於官

無無居士曰君與父一也為其所在則致死焉故阪同也車同也回馭則孝子而體為親之遺叱馭則忠臣而體為君之身若褒蔽水貺昂食則經綸為鋪張之具執法皆爭亂之資矣故別色入朝一明發之義黎元信我為列眉者亦我之屬毛離裏也誰謂忠孝二視哉

嵇紹

晉嵇紹字延祖魏中散大夫康之子也以父得罪靖居私門山濤薦之起家為秘書丞累遷為侍中河間王顒成都王穎舉兵向京都以討長沙王乂王師敗績于蕩陰百官及侍衛莫不散潰唯紹儼然端冕以身捍衛兵交御輦飛箭雨集紹遂被害於帝側血濺御服天子深哀嘆之及事定左右欲浣衣帝曰此嵇侍中血勿去初紹之行也侍中秦準謂曰今日向難卿有佳馬

否絡正色曰大駕親征以正伐逆必有征無戰若使聖輿失守臣節有在駿馬何為聞者莫不嗟息

無無居士曰延祖應山濤之薦不免貽譏清議此以偉元律之而不以大公論者也夫君天也天可讐乎中散以膚受見誅是讐在譖初不在誅則晉室不臣將何臣乎況君父居在三之極忠孝為百行之先竭其忠即全其孝也故蕩陰之死血濺御衣帝勅勿浣傷心

哉侍中之𧖴貞魂忠魄常繞於斯帝沉痛之
矣又何議者云云

人鏡陽秋卷五

周顗

晉周顗字伯仁為尚書左僕射太興初王敦搆逆護軍長史郝嘏等勸顗避之顗曰吾備位大臣朝廷喪敗寧可復草間求活外投胡越邪俄而與戴若思俱被收路徑太廟顗大言曰天地先帝之靈賊臣王敦傾覆社稷枉殺忠臣陵虐天下神祇有靈當速殺敦無令縱毒以傾王室語未終收者以戟傷其口血流至踵顏色不變容止自若罵不絕口遂被害

無無居士曰伯仁之死殺之者敦所以殺之者王茂弘也蓋伯仁性剛而簡當茂弘之呼署無顧眄濶步哆言殲彼賊虜懸印肘間所謂百口之累者捧若隋珠已陰置掌中矣及于湖棹舉石城旌揚戴淵與顗並以人望見収忠而被戮良友徒負豈不惜哉主雖垂餌以終全無救幽明之隔越矣

人鏡陽秋卷五

忠部一
二十三
懷翠堂

卞壼

晉卞壼字望之濟陰寃句人也成帝時蘇峻反詔以壼都督大桁東諸軍討之與峻大戰於陵西為峻所破還節詣闕謝罪峻復進攻青溪壼與諸軍拒擊六軍敗績壼時發背創猶未合力疾而戰率厲散衆及左右吏數百人攻賊麾下苦戰遂死之二子眕盱見父殁相隨赴賊同時見害眕母裴氏撫二子尸哭曰父為忠臣汝為孝子夫何恨乎

無無居士曰蘇峻之亂激之者庾元規則望之之死致之者亦元規也卞氏雖死忠孝而晉之元氣已剝即有士行之勤王而故節殆不若是矣嗚呼萇死血化為碧而勁氣干霄卞殞爪穿於手而忠魂徹壤彼剽狡之與強悍今竟何在

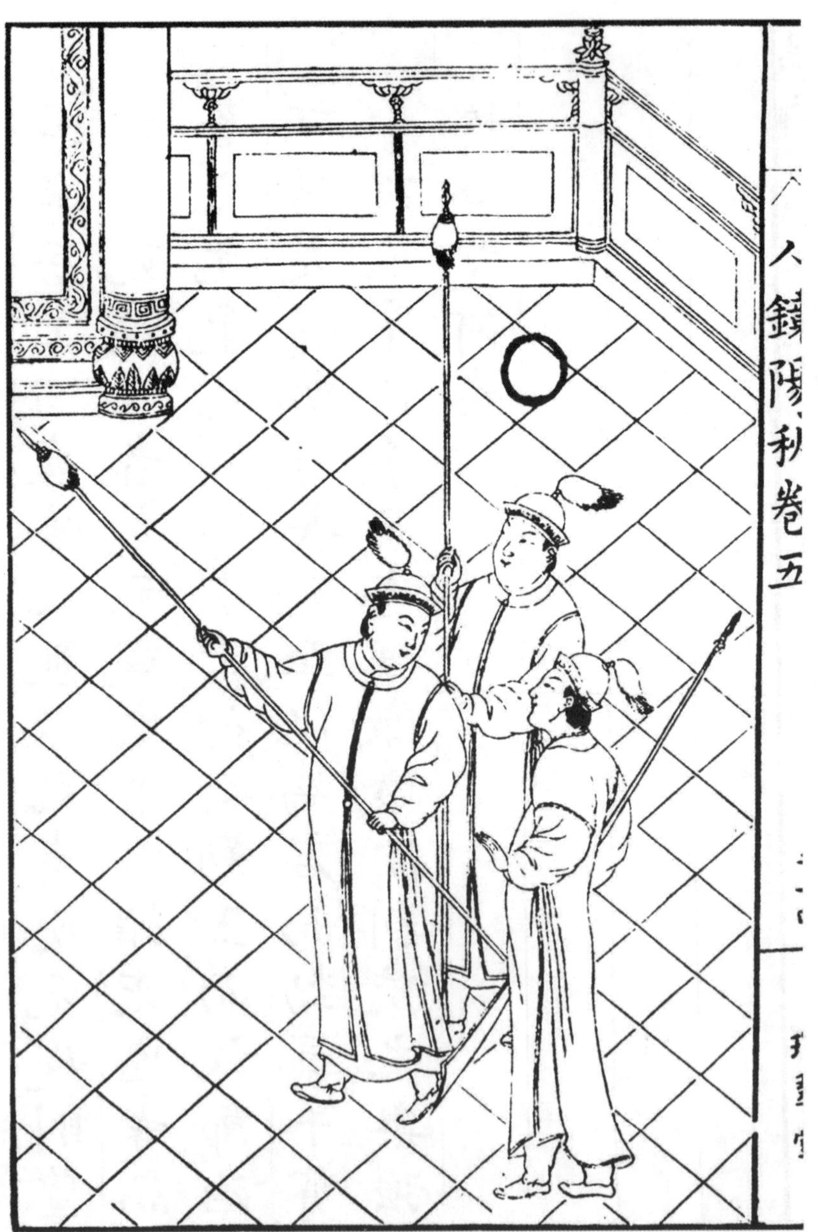
人鏡陽秋卷五

忠部
二十五

袁粲

南宋袁粲字景倩陳郡陽夏人好學有才清整持風操自遇甚厚著妙德先生傳以自況曰有妙德先生陳國人也氣志淵虛姿神清映性孝履順栖冲業簡有舜之遺風先生幼多疾疎懶無所營尚然九流百氏之言雕龍談天之藝皆泛識其大歸而不以成名家貧嘗仕非其好也混其聲迹晦其心用席門常掩三徑裁通雖楊子寂漠嚴叟沉冥非其過也脩道遂志終無得

而稱焉後與尚書令劉秉等密謀誅蕭道成褚淵泄其事道成使其徒戴僧靜攻粲粲子最以身衛粲僧靜直前斫之粲謂最曰我不失忠臣汝不失孝子遂父子俱死百姓謠曰可憐石頭城寧為袁粲死不作褚淵生

無無居士曰史氏稱景倩民望國華信哉觀其妙德傳可見然道成挺龍文之梟姿宋代臣僚並玉璺於前蘭摧於後景倩父子繼之志雖不酬其芳聲已著于石城謠矣余觀淵

死劾謀豹擅慱雅洵辛謚貞顗與（采）並有清
譽何袁氏世多忠而文也

程文季

陳程文季字少卿新安海寧人忠壯公靈洗之子幼習騎射多幹畧果决有父風弱冠從靈洗征討必先登陷陣文帝初累遷新安臨海二郡太守靈洗卒文季盡領其衆起為超武將軍雖軍旅奪禮而天性至孝毀瘠甚至襲封重安縣開國公大建五年從吴明徹北伐齊文季常為前鋒齊軍深憚之號為程虎後隨吴明徹侵周圍彭城吕梁之役併陷於周周以明徹為衛將

軍封懷德郡公文季不屈為周所囚十一年自周逃歸至渦陽為邊吏所執送長安死於獄

無無居士曰程少卿以忠勇著梁陳間忠壯公可謂有子至以金革奪禮而善毀于道臣道兩得之矣王褒庾信非江表之文人耶尚且強領于周而少卿竟死之忠反出於武弁是可嘉也孰謂鉛槧最于戈鋋哉

人鏡陽秋卷五

堯君素

隋堯君素魏郡人為河東通守屈突通降唐遣至河東城下招諭君素君素歔欷不自勝通亦泣下霑衿因謂君素曰事勢如此卿當早降君素曰公為國大臣主上委公以關中代王付公以社稷柰何負國生降更為人作說客耶且公所乘馬代王所賜也公何面目乘之哉通曰我力屈耳君素曰我力猶未屈何用多言通慙而退後唐遣獨孤懷恩攻之不下招之不從遣其

妻至城下謂之曰隋室已亡君何自苦君素曰天下名義非婦人所知引弓射之應弦而倒久之食盡左右殺君素以降

無無居士曰君素守河東孤城血戰流矢蝟集於雉堞游旌狼布於蟻封忠憤之志愈堅即沉竈產蛙不烈於此矣及屈突説降歔欷對泣縱力已殫猶矜未屈傷哉妻孥引弓併死信隋代之忠臣楊家之勁幹也桒錦帆直泛天涯而玉璽歸于日角其如天命何哉

忠部
三十二
環翠堂

顔杲卿

唐顔杲卿字昕與玄宗時安禄山聞其名表為常山太守後禄山反杲卿起兵討賊河北諸郡皆應之賊攻常山杲卿日夜拒戰粮盡矢竭城遂陷執杲卿送洛陽禄山數之曰我奏汝為判官不數年超太守何負於汝而反杲卿罵曰汝本營州牧羊羯奴天子擢汝三道節度使何負於汝而反我世為唐臣禄位皆唐有雖為汝所奏豈從汝反耶我為國討賊恨不斬汝以謝上

何謂反也臊羯狗何不速殺我禄山大怒縛而咼之罵不絕口致鉤斷其舌含糊而死

無無居士曰禄山險據幽燕雄集薊漢擁狼纛之牙旗鳴洛陽之天鼓欲倚馬崤函吹笳渭水目中已無唐社稷矣而杲卿突然中起傳檄河北諸郡響應柰賊鐸猖獗勢不可攖何被執而死罵賊數言凜有生氣唐室之再造而賊勢不終逞者此一罵之力也即與李郭同功血食百載允宜

三十四

環翠堂

張巡許遠

唐張巡南陽人初為真源令時安禄山反巡起兵討賊令狐潮攻雍丘潮與張巡有舊於城下因說巡曰天下事去矣足下堅守危城欲誰為乎巡曰足下平生以忠義自許今日之舉忠義何在潮慙而退復益兵圍之巡使郎將雷萬春於城上與潮相聞語未絶賊弩射之面中六矢而不動潮遥謂巡曰向見雷將軍方知足下威令矣然其如天道何巡謂之曰君未識人倫焉

知天道賊乃夜遁後與許遠守睢陽賊將尹子奇攻之城中食盡與士卒同食茶紙既盡食馬馬盡羅雀掘鼠既盡巡出愛妾殺以食士遠亦殺其奴然後括城中婦人食之既盡繼以男子老弱人知必死莫有叛者既而賊登城將士病不能戰巡西向再拜曰臣力竭矣不能全城生既無以報陛下死當為厲鬼以殺賊城遂陷巡遠俱被殺

無無居士曰余讀張中丞傳未嘗不淚淫淫

數行下也嗟夫雍立抗鋒睢陽血戰不惟嚴軍令於憑城抑且識人倫於天道壯哉南八男兒不可爲不義屈其功業問學節義高出唐家之臣品矣聞笛之詩淩厲峻拔最可詠者不辯風塵色安知天地心門開邊月近戰苦陣雲深至今猶有生氣令狐子奇當年已奄奄九泉下也

忠部
三十七
環翠堂

張興

唐張興束鹿人為饒陽裨將史思明引衆傅城興乘城賊將入興一舉刀輙數人死賊皆氣慴城破思明縳之馬前好謂曰將軍壯士能屈節當受高爵興曰興唐之忠臣固無降理今數刻之人耳願一言而死思明曰試言之興曰主上待禄山恩如父子不知報德乃興兵指闕塗炭生人大丈夫不能剪除凶逆乃北面為之臣乎且足下所以從賊求富貴耳譬如燕巢於幕豈

能久安何如乘間取賊轉禍為福長享富貴不亦美乎思明怒鋸解之且死罵曰吾能裒彊死兵敗賊衆軍中凜然為改容

無無居士曰張興博雅善談其戰饒陽固武備而參以文事者也且數刻之人而明萬載之義使思明能從豈惟轉禍即戴若思之投劍終為晉代名臣矣惜也道堯舜於戴晉人之前終一吷也至其忠烈直與睢陽同論曰月爭光

人鏡陽秋卷五

忠部
三十九
環翠堂

段秀實

唐段秀實字成公汧陽人德宗時為司農卿朱泚反秀實與岐靈岳等謀誅朱泚迎乘輿未發泚遣韓旻將銳兵聲言迎駕實襲奉天秀實謂靈岳曰事急矣使靈岳詐為姚令言符令旻且還竊其印未至秀實倒用司農印印符追之旻得符而還泚令言大驚靈岳獨承其罪而死泚召源休姚令言及秀實議稱帝事秀實勃然起奪休象笏前唾泚面大罵曰狂賊吾恨不斬汝

萬段豈從汝反耶因以笏擊泚中其額濺血灑地泚得脫走衆争前殺之

無無居士曰段成公非奮不慮死以取名者惜德宗委任不至無所籍以舒謀國之忱爾當韓旻聲言迎駕茍不倒用印符奉天之事不可知已此雖倉卒智有足稱至朱泚稱帝而義激不容遏奪笏擊賊罵劍甘心忠有足數噫追符印擊賊笏物雖已陳然蝌文曰赫象簡霜披千載而下猶足以寒奸雄心膽也

忠部
四十一
環翠堂

顔真卿

唐顔真卿字清臣杲卿弟也任平原太守禄山亂起兵討賊有功遷刑部尚書乃為盧杞所惡建中四年值李希烈謀逆陷汝州至是上問計於杞杞對曰誠得儒雅重臣為陳禍福可不勞軍旅而服顔真卿三朝舊臣人所信服真其人也上以為然遂遣真卿宣慰至許欲宣詔吉希烈使養子千餘環繞侮罵拔劍擬之真卿色不變希烈館而禮之會朱滔等各遣使詣希烈勸

進台真鄉示之曰四王見推不謀而同無所自容也真鄉曰此乃四凶何謂四王希烈不悅掘坎於廷云欲坑之真鄉怡然對希烈曰死生已定何必多端亟以一劍相與豈不快公心哉希烈乃謝之真鄉後自縊死賊中

無無居士曰此平原太守天子不知名者耶余觀舊唐書稱其富於學守正令節為文之傑未嘗不惜其為藍面所擠也夫德宗內信姦邪即有忠良弗之任用俾陷於希烈以快

盧杞之心其如國體何然清臣英烈言言如嚴霜烈日不死祿山而死於知名天子是終始不知也悲夫

四十四
環翠堂

孫揆

唐孫揆字聖圭博州武水人昭宗時討李克用揆為昭義軍節度使將兵二千八月發晉州李存孝以三百騎伏於長子西谷中擒揆獻於克用克用厚禮而將用之謂揆曰公當從容廟堂何為自履行陣也欲以揆為河東副使揆曰吾天子大臣兵敗而死分也豈能復事鎮使邪克用怒命鋸之不能入揆罵曰死狗奴鋸人當板夾汝豈知邪乃以板夾而鋸之至死罵不絕聲

無無居士曰撖香犯蹕朱碭山之惡極矣當時鐵裹錚錚者惟朱邪氏而聖圭之遺鋸甚不厭人心夫領鴉兵以掃巢鋒敦虎旅而清天步克用之功為最及存孝擐甲抗衡沙陀幾無穴自藏矣豈非戕天子之大臣而朱梁得以藉口耶嗚呼敬翔李振佐命惟新彼之從容廟堂者克用何不鋸之亟也

忠部
卷之五
四十六

陳喬

五代陳喬仕江南為門下侍郎掌機密後主之稱疾不朝喬預其謀及王師問罪城陷喬將死之後主執其手曰當與我同北歸喬曰臣死之即陛下保無恙但歸咎於臣為陛下建不朝之謀斯計之上也掣其手去入視事廳內遂自經喬既死從吏撤扉而瘞之明年朝廷加其忠詔跂葬求屍不得人或見一丈夫衣黃半臂舉手影自南廊而過掘得屍以右手加額上如所覩

者

無無居士曰南唐之亡也陳喬死之獨恨其諫諍之未盡而徒塞責於一死也彼後主好小詞因事納忠者潘佑李平爾至南朝天子好風流樂工尚且歌焉矧喬掌機密而無一語及之縱建不朝之謀何益國事哉嗣是後主難保無恙則死亦為徒爾雖然猶愈於徐鉉諸人也

忠部
四十八
環翠堂

劉韐

宋劉韐字仲奄崇安人靖康元年守真定金人入定州父老號呼曰使劉資政在鎮豈有此禍金人益知其名及京師陷必欲得公宰相紿以割地遣公往虜人以其國僕射韓正館公於城南壽聖院言欲以公為正代許以家屬行公仰天大呼曰有是乎即手書片紙曰金人不以予為有罪而以予為可用夫正女不事二夫忠臣不事兩君以順為正者妾婦之道此予所以有

死也付陳灌持歸報諸子即沐浴更衣酌巵酒以衣條自經時十六日也

無無居士曰靖康二聖北狩劉豫政不為金人用而竟死之夫用之者將劉豫之耶抑邦昌之耶直欲代韓正僕射之爾夫褫衣冠而服左衽以事虜少知廉恥者不為而謂世篤忠貞者忍蹈之耶從容手書衣條自盡始信正氣之無虧益睹名流之有自

忠部
五十一
環翠堂

陳文龍

宋陳文龍丞相俊卿之後也益王稱制於福州文龍為閩廣宣撫使北軍来攻不克使其姻家持書招降文龍焚其書斬其使有風其納款者文龍曰諸君特畏死耳未知此生能不死乎會通判曹澄孫開門降執文龍與其家人至軍中左右凌挫之文龍指其腹曰此皆節義文章也可相逼耶繫至杭州不食而死

無無居士曰呂文煥降元席上有賦琵琶亭

詩者豈宣撫流歟文章節義本非兩事未有藻繪其性靈而脂韋其氣節者也夫均死也非畏之可能逃汶汶而生孰烈烈而死殆將貫長虹貽白日駕文螭與赤虬皚皚于長空歷萬古而精爽不磨矣嗟彼老大娥眉負所天者誠忍心哉

錄陽秋卷五

忠部
五十二
環翠堂

文天祥

宋文天祥字永瑞廬陵人德祐初江上報急詔天下勤王天祥捧詔涕泣以江西提刑安撫使召入衛拜右丞相辭不拜屢戰進屯潮陽元大師張弘範破之被執至燕京畱燕三年坐卧一小樓足不履地世祖遣南官王積翁諭旨欲用之天祥請假得黃冠歸故鄉乃召天祥入諭之曰汝何願對曰天祥受宋恩為宰相安事二姓願賜一死足矣帝猶未忍左右力贊帝從之乃

詔有司殺於燕京柴市俄有詔止之至則天祥死矣死時從容謂吏卒曰吾事畢矣南向再拜遂死其衣帶中有贊曰孔曰成仁孟云取義惟其義盡是以仁至讀聖賢書所學何事而今而後庶幾無愧

無無居士曰文丞相之忠豈毫端之可悉然揮毫弔古亦弔其無愧者而已夫仁以致君而君未必能全義以輔國而國未必能立所謂仁至義盡者顧此心何如爾丞相之時宋

運已終興之實難區區之心所以回天意者在不愧也不愧非塞責也萬古長存照映領色吟囊寄恨惟有蛩知故曰毫端不能悉也

人鏡陽秋卷五

曲部
五十五
環翠堂

謝枋得

宋謝枋得字君直弋陽人為江西招討使宋亡遁入建陽山中時程文海至江南訪人才枋得在列以母喪辭不行至是魏天祐朝京佯台枋得入城逼以北行與之言坐而不對或慢言無禮天祐不能堪乃讓曰封疆之臣當死封疆安仁之敗何不死枋得曰程嬰公孫杵臼二人皆忠於趙一存孤一死節一死於十五年之前一死於十五年之後皆不失為忠臣王莽篡漢十

四年龔勝乃餓死亦不失為忠臣韓退之云蓋棺事始定參政豈足以知此不食二十餘日不死四月朔至燕問太后攢所及瀛國所在再拜慟哭疾甚畱夢炎使醫持藥雜米飲進之枋得怒擲之於地不食五日死子定之護骸骨歸葬信州

無無居士曰史以疊山餓死比夷齊其遜辭拒台既不免則義有不得不死者余嘗喜其荅師云佛肸可往公山可往夫子則可仲由

則不可湯可就桀可就伊尹能之夷惠則不能抑何婉而遜若是哉至被執去則决然自裁其所遜者斯其所由决歟忠哉

忠部
五十八
環翠堂

余闕

元余闕字廷心合肥人至正壬辰天下兵動時闕權淮西宣慰副使分治安慶一日賊四合旌旗蔽野闕縱梟騎數十大喊而出斬首數百級當是時淮東西皆陷獨安慶巋然猶存闕益自奮立旌忠祠以厲將士時集祠下大聲謂曰男兒生則為韋孝寬死則為張巡許遠慎不可為不義屈丁酉冬賊大集諸部圍城樵餉路絶城陷闕猶帥師血戰身中三矢遂自刎沈水死其

妻耶卜氏聞之亦率其子得臣女福童赴水死諸將卒慟從而死者十餘人

無無居士曰我

太祖嘉余闕之忠立廟和州祀之凡故元臣若王保保蔣子英並嗟異而遂其志焉殆危素者始未嘗不官之卒謫和州守余闕廟賞罰若斯其録季布而斬丁公之義乎

人鏡陽秋卷五

部
六十
翠堂

花雲

國朝花雲懷遠人為樞密院判守太平府陳友諒率舟師攻太平引巨舟泊城西南士卒緣舟尾攀堞而登城遂陷雲被縛急遂奮躍大呼而起縛皆絶奪守者刀連斬五六人賊怒縛雲於檣叢射雲至死罵不絶口妻郜氏生子煒方三歲抱之泣謂家人曰城且破吾夫必死嬰兒在若等善撫育之聞雲就縛郜氏遂赴水而死侍兒孫氏収郜屍瘞之抱兒逃為偽漢軍虜之偽

漢敗孫氏竊兒去夜宿陶穴中天曙覓舟渡江遇漢潰軍奪舟捽孫氏及兒投之江偶得斷木附之入蘆渚中有蓮實孫氏取啗兒凡七日不食忽夜半逢老父號雷老告之故與偕行達上所孫氏抱兒拜泣　上亦泣寘兒於膝曰此將種也命賜雷老衣忽不見追之無所得一時咸驚其神

無無居士曰花將軍一怒而縛皆絕乃駡賊以死固奇男子也其妻郜氏寄嬰兒於侍婢

相繼死焉非婦人之奇節歟孫氏抱兒濱死者再雷老夜導竟達御前方圖賞賚渺然失蹤豈非事之尤奇者乎嗚呼貞魂長在将種猶存天之報善人更奇哉

忠部
六十三
環翠堂

劉球

正統間翰林侍講劉球應詔上封事語多侵王振振大怒會編脩董璘言太常用道流不稱請自為卿共祀忤上下獄振黨馬順榜笞璘使引球為具藁草即朝班中捽之出球不知所坐欵第曰若曳振死我死即訴上帝耳竟與董璘盆死獄家人行求屍順故靡之弗得也而順有子年二十餘病孱久困矣欻起持順鬉拳且蹴之曰死老奴令而異曰禍隃我我劉球也順再拜

謝罪不可俄而子死
無無居士曰王振肆城狐社鼠之奸地使其驕勢成其逼禍及縉紳者毒矣劉侍講論之即為所擠馬順挾錦衣之權司振牙爪既鍜鍊董璘以誣劉竟又坐劉以覆董則二人之死也乃死權耳寘寘之中帝鑒最灼俾附順子以歐之而死子繼怒廷臣共捽之而死順詎謂天道無知耶其所憑者即其所自覆也

忠部
六十五
衆芳堂

孫燧許逵

皇明孫燧正德中為江西都御史許逵為副使會寧王宸濠有逆謀設宴鎮撫三司官次旦各官入謝濠大言曰汝等知大義否燧曰不知濠曰太后有密旨令我起兵監國燧曰請密旨看濠曰不必多言我往南京汝保駕否燧曰天無二日臣安有二君況太祖法制在誰則敢違濠大怒各官駭愕相顧獨許逵反覆辯論明不可濠曰許逵何言逵曰惟有赤心耳豈從汝反乎

濠曰汝真不畏死耶二公曰既為忠臣豈懼一死然汝死與我死不過數十日而已豈若我輩有轟轟烈烈之名哉濠喝武夫將燧逵曳出惠門外斬之時六月十四日也

無無居士曰宸濠之變孫許死之其精忠表表無容致喙第 國家之於藩王髖髀固用斧斤而竅窾亦須遊刃今也邱祿歲增民財曰窘貪婪極矣不為之所可乎葉高賈誼之策齊黃晁錯之謀俱無益矣宜有以善其後

卷五終

人鏡陽秋卷六

明新都無無居士汪廷訥昌朝父編

孝部

不匱類

無無居士曰百行孝先不匱為大蓋孝者子之心亦天下萬世子之心吾能孝於親是可以則誰不感發而各親其親乎斯人之孝即吾之孝此心融洩於天壤間安得云匱故曰歷山萬古淚化作幾曾參知言哉

人鏡陽秋卷六

吳舜

舜虞帝名姚姓舜祖幕幕生窮蟬窮蟬生敬康敬康生喬牛喬牛生瞽叟瞽叟生舜受堯禪而有天下初居姚墟父頑母嚚象傲耕于歷山見鳥翔思親而作操曰陟彼歷山兮崔嵬有鳥翔兮高飛瞻彼鳩兮徘徊河水洋洋兮清冷深谷鳥鳴兮鶯鶯設罥張罝兮思我父母力耕日與月兮往如馳父母遠兮吾將安歸歌罷號天而泣祗載見瞽叟夔夔齋慄瞽叟底豫而天下化

故玄德升聞二女釐降萬世稱大孝焉

無無居士曰舜德升聞以孝著也舜孝之至尊養極也然皆忘焉耳矣使親心底豫雖側陋樂之况天下乎苟親心未化即黄屋猶歴山也煙雨之淚烏乎能已要之至誠自無不感尊養之至即至誠也非後來有加故曰五十之慕等怨慕也舜何心哉斯之謂大孝

人鏡陽秋卷六

孝部
四
環翠堂

殷高宗

殷高宗諒陰三年不言百官總已而聽於冢宰三年而後言天下咸悅教化大行殷道以興詩曰一人有慶兆民賴之其此之謂乎

無無居士曰高宗可謂以孝治矣不言孝也而至言已寓厥後股肱得人嘉靖殷邦者皆不言之用也想其恭默之際思與帝通而代言者應焉且謂行之惟艱言亦顧矣允協先王成德殆孝並於言行之間者與

人鐵陽秋卷六

孝部

周文王

文王之為世子朝於王季日三鷄初鳴而衣服至於寢門外問內豎之御者曰今日安否何如內豎曰安文王乃喜及日中又至亦如之及莫又至亦如之其有不安節則內豎以告文王文王色憂行不能正履王季復膳然後亦復初食上必在視寒煖之節食下問所膳命膳宰曰末有原應曰諾然後退文王孝道光大其化自近至遠刑于寡妻以御于家邦故得萬民之歡心

以事其先王矣

無無居士曰世以問安視膳為踈節不知此中有實心相流通者曰喜曰憂從何生哉實心生也惟其一寢食不忘親故憂喜露于斯爾疇謂文王為無憂哉有憂所以成其無憂也無憂而喜可知矣其與世之徒問徒視者誠不侔

魯孝公

魯孝公之為公子周宣王問公子能道訓諸侯者立之樊穆仲稱其孝曰肅恭神明而敬事耆老賦事行刑必問于遺訓咨于故實不干所問不犯所咨王曰然則能訓理其民矣乃命之於夷宮是為孝公夫宗廟致敬不忘親也有國不亦宜乎

無無居士曰魯之先尊尊而親親本以忠厚立國者也耆老者國之神明問且咨之其為

敬事者依然尊親之典矣神民之道一也能恭即能理矣比其衰也少長之間尚斷斷豈大亂之本生於斯耶不然哉

曾子

曾子養曾晳每食必有酒肉將徹必請所與問有餘必曰有常採薪於山中家有親客至母無所措乃噬指參忽心痛負薪以歸跪問其故母曰有急客至吾噬指以悟汝耳及親沒曾子曰往而不可還者親也至而不可加者年也是故孝子欲養而親不待也木欲直而時不待也是故椎牛而祭墓不如鷄豚逮親存也故吾嘗仕齊為吏祿不過鍾釜尚猶欣欣而喜者非以為

多也樂其逮親也既沒之後吾嘗南遊於楚得尊官焉堂高九仞榱題三圍轉轂百乘猶北鄉而泣涕者非為賤也悲不逮吾親也故家貧親老不擇官而仕若夫信其志約其親者非孝也無無居士曰子輿之孝孟軻氏可其養志然點之志詎在飲食閒求之毋亦即飲食而俾其曠蕩無涯者弗之隘爾與人同春浴沂風雩本自有餘疇禁勿取有餘之問自是同人之懷也此而曰有其所供者大矣嗟夫南遊

炫赫北鄉悲蹄志寧有已時耶故知子輿之養一夫子之與也

高柴

高柴字子羔一作季子皋衛人也喪親泣血三年未嘗見齒所謂哭不偯言不文也爲武城宰而化行民有不服其親者改之行喪如禮君子之德風也以身先之而民不遺其親

無無居士曰子羔在聖門以愚鳴則其孝行愚而孝也蓋愚則質質有其文哉其哭而不偯有故夫至於化行之道則速矣余讀成人之歌而艷子羔之衰溥也故曰柴之愚即参

之魯二子之孝竟以是得之

閔損

閔損字子騫魯人早喪母父娶後妻生二子損孝心不怠母嫉之所生衣綿絮衣損以蘆花絮父冬月令損御車體寒不覺失靷父責之損不自理父察知之欲遣後母損啟父曰母在一子寒母去三子單父善之母亦悔改待三子均一遂成慈母

無無居士曰子騫以孝見稱於夫子傳溢外内豈直處繼母乃爾良由孝心不怠尅已以

自盡也觀其體寒失輖而含酸茹苦之情可掬矣至母在一子寒母去三子單可謂字字酸心言言苦骨抵令讀之令人三復為之流涕

人鏡陽秋卷六

河間惠王

漢河間惠王獻王之曾孫也西京藩臣多驕放之失其明德者唯獻王而惠王繼之漢書稱其能脩獻王之行母薨服喪盡禮哀帝下詔書褒揚以為宗室儀表增封萬戶禮古之人皆然至於末俗衰薄固已賢矣貴而率禮又難其見褒賞不亦宜乎

無無居士曰德為禮本未有德不明而禮能盡者也惠王脩父之行而自昭明德藩王之

儆習滌蕩矣迪德以行無非禮制孝而忠也

其宗室之肹僑歟

卷六終

人鏡陽秋卷七

明新都無無居士汪廷訥昌朝父編

孝部

竭力類

無無居士曰已之力親之力也親力日衰有欲不克舉者皆寄之於我一毫不竭豈惟惰力抑亦惰親顧孝子則不然溫凊定省率以為常凡大之紀綱微之日用如獅子捉象捉兎皆竭其全力事父母者辯之

孝部

女娟

趙女娟者河津吏之女趙簡子南擊楚與津吏期簡子至津吏醉卧不能渡簡子欲殺之娟懼持楫而走對曰津吏息女妾父聞主君来渡不測之水恐風波之起水神動駭故禱祠三淮九江之神供具備禮御釐受福不勝至祝杯酌餘瀝醉至於此君欲殺之妾願以鄙軀易父之死簡子曰非女之罪也娟曰主君欲因其醉而殺之妾恐其身之不知痛而心不知罪也若不知

罪殺之是殺不辜也願醒而殺之使知其罪簡子曰善遂釋不誅簡子将度用楫者少一人娟攘卷操楫而請曰妾願備及持楫簡子曰不穀将行選士大夫齊戒沐浴義不與婦人同舟而度也娟對曰妾聞昔者湯成夏左驂驪右驂牝靡而遂放桀武王伐殷左驂牝騏右驂牝驥克紂至於華山之陽主君不欲渡則已與妾同舟又何傷乎簡子悦遂與渡中流為簡子發河激之歌其辭曰升彼河兮面觀清水揚波兮杳冥

寘禱求福兮醉不醒誅將加兮妾心驚罰既釋兮瀆乃清妾持楫兮操其維蛟龍助兮主將歸呼来櫂兮行勿疑簡子大悅乃納幣於父母而立以為夫人

無無居士曰女娟嫻於詞其對簡子可謂婉而當矣夫以總戎之威艴一醉吏猶泰山壓卵詎能延其喘於鋒刃之餘然而從容致詞河激歌發卒脫苧葛而服副褘父與有榮哉抑簡子夢孟姚矣鼓琴之歌豈殊河激而興

卞異係女娟殆趙之太任歟

孝部
五

剡子

列國剡子性至孝母病思鹿乳遍求不能得乃衣鹿皮入鹿群中以求之卒遇獵者彎弓欲發亟告之故乃得免且遺以鹿乳而去

無無居士曰甚矣剡子之求鹿乳艱且險哉盖不衣皮則不能與鹿伍是有難得之患衣鹿皮則獵人誤為真鹿是有傷弓之患二者交戰於胸中母患將何瘥哉余料剡子之心矣二者之患其患小母病之患其患大寧犯

其小以濟其大庶幾母氏有瘳乎卒之患不犯竟得鹿乳以歸孝子之心良亦苦哉

孝部
七
翠堂

董永

漢董永千乘人少失母獨養父父亡無以葬乃從人貸錢一萬永謂錢主曰後若無錢還君當以身作奴主甚憫之永得錢葬父畢將往為奴於路忽逢一婦人求為永妻永曰今貧若是身復為奴何敢屈夫人為妻婦人曰願為君婦不恥貧賤永遂將婦人至錢主主曰本言一人今乃有二永曰言一得二理何乖乎主問永妻曰何能妻曰能織耳主曰為我織絹三百匹即放爾

於是索絲一月之內三百匹絹足主驚遂放夫婦二人而去行至舊相逢處乃謂永曰我天之織女感君之至孝天使我為君償債君事了不得久停語訖雲霧四垂騰空而去

無無居士曰董氏遇仙事不概見君子所不道然世多豔譚之亦勸孝之一節也及觀北魏祖力微事與此類但涉於荒唐傳信傳疑可矣誠有之亦上天善善之意人道邇天道遠難測哉

鏡陽秋卷七

姜詩妻

漢廣漢姜詩妻者同郡龐盛之女也詩事母至孝妻奉順尤篤母好飲江水水去舍六七里妻常泝流而汲後值風不時得還母渴詩責而遣之妻乃寄上鄰舍晝夜紡績市珍羞使鄰母以意自遺其姑如是者久之姑怪問鄰母鄰母具對姑感慙呼還恩養愈謹其子後因遠汲溺死妻恐姑哀傷不敢言而托以行學不在姑嗜魚鱠又不能獨食夫婦常力作供鱠呼鄰母共之

舍側忽有湧泉味如江水每旦輙出雙鯉魚常以供二母之膳赤眉散賊經詩里弛兵而過曰驚大孝必觸鬼神時歲荒賊乃遺詩米肉受而埋之比落蒙其安全永平三年察孝廉顯宗詔曰大孝入朝凡諸舉者一聽平之由是皆拜郎中詩尋除江陽令卒於官所居治鄉人為立祀

無無居士曰姜之孝以妻著也汲江不得水而見逐尚托鄰媪以餉姑此其心固已岌子汲溺死而假行學以寬姑其情尤可悲殆不

以去晋生死而懟其親者矣且呼鄰伴食非養志而何其湧泉獲鯉天且相之矧盜賊人也寧不趨而辟乎余于是有感

孝部
十二
聚翠堂

孔奮

東漢孔奮扶風人也少以孝行著名州里供養至謹在官惟母極甘美妻息菜食歷位以清夫人情莫不欲厚其親然亦有分焉奮則難繼能致儉以全養者鮮矣

無無居士曰禹之無間者惟豊儉適宜爾孔奮居官以清若舉家鮮穠其如民膏竭何故自身以下皆儉惟奉親則不敢以儉者進此上不嗇親養下不玷清名其所全者寔多余

亦曰舊吾無間然

人鏡陽秋卷七

江華

漢江華字次翁齊國臨淄人也少失父獨與母居遭天下亂盜賊並起華負母逃難備經險阻嘗採拾以為養數遇賊或刼欲將去華輙涕泣求哀言有老母詞氣婉欵有足感動人者賊以是不忍害之或指以避兵之方遂得俱全於難轉客下邳貧窮踝跣行傭以供母周身之物莫不畢訖漢光武建武末與母歸鄉里每至歲時縣當案比華以老母不欲搖動自在轅中挽車

不用牛馬由是鄉里稱之曰江巨孝
無無居士曰赤眉之起所在長轂雷野高鋒
篡雲欲全母子之命於其間是遊羿之彀中
而冀避矢石也江次翁所以能濟者豈其善
匿不逢不若哉哀詞惻念足以動人爾夫始
而採拾既而行傭俌逋能幾終得母氏懽心
者竭力將之也要之中孝用力而人稱巨孝
者何蓋力無不竭則心無不盡謂之曰巨又
奚不宜

人鏡陽秋卷七

陳孝婦

漢陳孝婦年十六而嫁未有子其夫當行戍且行時屬孝婦曰我生死未可知幸有老母無他兄弟備養吾不還汝肯養吾母乎婦應曰諾夫果死不還婦養姑不衰慈愛愈固紡績織紝以為家業終無嫁意居喪三年其父母哀其少無子而早寡也將取嫁之孝婦曰夫去時屬妾以供養老母妾既許諾之夫養人老母而不能卒許人以諾而不能信將何以立於世欲自殺其

父母懼而不敢嫁也遂使養其姑二十八年姑八十餘以天年終盡賣其田宅財物以葬之終奉祭祀淮陽太守以聞使使者賜黃金四十斤復之終身無所與號曰孝婦

無無居士曰信然諾於生者有為而為易也信然諾於死者無為而為難矣陳孝婦于夫已有諾責夫而存固諾也夫而亡亦諾也即父母欲迫而敓其志猶然諾也訖姑終年葬之祭之何莫非賤其諾責哉盖養其姑則酬

夫之囑無負酬其夫則奉姑之誠愈堅其於送往事居兩無愧矣悲夫臨別之囑肯養之言探之而不敢必也孝婦一諾固已含辛茹蓼終身竟必矣噫

人鏡陽秋卷七

孝部
十九
環翠堂

王祥

晉王祥字休徵琅邪臨沂人性至孝早喪親繼母朱氏不慈數譖之由是失愛扵父母使掃除牛下祥愈恭謹父母有疾衣不解帶湯藥必親嘗母常欲生魚時天寒氷凍祥解衣將剖氷求之氷忽自解雙鯉躍出持之而歸母又思黃雀炙復有黃雀數十飛入其幕復以供母鄉里驚歎以為孝感所致焉家有丹柰結實殊好母恒使守之時風雨忽至祥抱樹而泣祥常在別床

眠母自往闇斫之值祥私起空斫得被既還知母恨之不已因跪前請死母於是感悟愛之如己子

無無居士曰晉史稱孝為德本王祥所以當仁則太始之徽音所以啟東晉之閥閱者其孝友之德信不誣矣夫掃牛下抱柰樹可能也欲魚而冰解鯉躍思炙而黃雀幕飛不可能也蓋在天者難必故不可能爾母雖狠点人也請死而感悟詎非囬母之天歟蓋盡其

可能以聽其不能太保之當仁者豈在斯耶
豈在斯耶

孝部
二十二
懷翠堂

潘岳

晉潘岳字安仁閑居賦云太夫人在堂覧止足之分庶浮雲之志築室種木逍遥自得池沼足以漁釣舂稅足以代耕灌園鬻蔬以供朝夕之膳牧羊酤酪以俟伏臘之費凛秋暑退煕春寒往微雨新晴六合清朗太夫人乃御版輿升輕軒遂覧王畿近周家園席長筵列子孫柳垂陰車結軌或宴于林或禊于汜昆弟班白兒童稚齒稱萬壽以獻觴或一懼而一喜壽觴舉慈顔

和浮杯樂飲絲竹駢羅頓足起舞抗首高歌人生安樂孰知其他

無無居士曰潘安仁傳所稱玉人花客也舉試鷄邑能以綜學潤之吏事河懐諸作爛焉舒錦豈但閑居擅場哉良由御輿乘軒侍母遠覽席長筵以列子孫舉壽觴而和慈顏庶幾天倫樂事爾柰何入補遭誣濡於白刃即跪謝慈親嗟無及矣悲夫

人鏡陽秋卷七

孝部一
二十四

陳遺

晉陳遺吴郡人也家至孝母好食鐺底焦飯遺作郡主簿恒裝一囊每煑食輒貯錄焦飯歸以遺母後值孫恩賊出吴郡袁府君即日便征遺以聚斂得焦飯數斗未展歸家遂帶以從軍戰於滬瀆敗軍人潰散遯走山澤皆多餓死遺獨以焦飯得活時人以為純孝之報也

無無居士曰報應者天道之常獲福者人事之感常觀蔡順之桑椹與陳遺之焦飯不惟

脱禍反以延生則天之報施豈必他有所鍾哉孫恩欲朝服而入建康奚有於吴郡縱郡中粟積丘山惡得而食諸天之所濟常巧其逢遺以遺母者天即以遺遺豈待迯敗而後得活方其貯録之時天已啟活路矣

人鏡陽秋卷七

孝部
人鏡陽秋卷七
二十六
環翠堂

宇文護

後周高祖保定三年晉國公宇文護都督中外諸軍事遣柱國楊忠與突厥東伐破齊長城至并州而還期後年更舉齊主大懼護母閻與皇四姑先時沒齊皆被幽縶護為宰相每遣使尋求至是並許還朝且請和好四年皇姑先至齊主以護權重留其母為後圖仍令人為閻作書與護曰寄汝小時所着錦袍表一領至宜檢看知吾含悲戚多歷年祀屬千載之運逢大齊之

德矜老開恩許得相見一聞斯言死猶不朽況如今者勢必聚集禽獸草木母子相依吾有何罪與汝分離今復何福還望見汝言此悲喜死而更蘇末云汝貴極公王富過山海有一老母八十之年飄然千里死亡旦夕寒不得汝衣飢不得汝食汝雖窮榮極盛光耀世間汝何用為於吾何益護性至孝讀之悲泣左右不能仰視報母書云遭遇災禍違離膝下熱不見母熱寒不見母寒衣不知有無食不知飢飽分懷冤酷

終此一生死若有知冀奉見於泉下耳不期今日得通家問云云齊朝要護重報往返再三而母始至後突厥赴約護不得已引兵伐齊齊以失信責之

無無居士曰宇文護握周重權失母所在一旦書至款曲悲哀感動旁人將謂竭國以報此恩亦云難悉焉何閻至未幾舉兵東伐有國有家安可如此雖養母窮極山海又無幾而家難作惜哉

孝部
二十九
翠堂

木蘭女

木蘭女代父征胡有賦詩者云唧唧復唧唧木蘭當戶織不聞機杼聲惟聞女歎息問女何所思問女何所憶女亦無所思女亦無所憶昨夜見軍帖可汗大點兵軍書十二卷卷卷有爺名阿爺無大兒木蘭無長兄願為市鞍馬從此替爺征東市買駿馬西市買鞍韉南市買轡頭北市買長鞭旦辭爺孃去暮宿黃河邊不聞爺孃喚女聲但聞黃河流水鳴濺濺旦辭黃河去暮

至黑山頭不聞爺孃喚女聲但聞燕山胡騎鳴啾啾萬里赴戎機關山渡若飛朔氣傳金柝寒光照鐵衣将軍百戰死壯士十年歸歸来見天子天子坐明堂策勳十二轉賞賜百千彊可汗問所欲木蘭不用尚書郎願借明駝千里足送兒還故鄉爺孃聞女来出郭相扶将阿妹聞姊来當戶理紅粧小弟聞姊来磨刀霍霍向猪羊開我東閤門坐我西閤床脫我戰時袍着我舊時裳當牕理雲鬟對鏡帖花黄出門看火伴火

伴皆驚忙同行十二年不知木蘭是女郎雄兎脚撲朔雌兎眼迷離雙兎傍地走安能辯我是雄雌

無無居士曰余嘗竒祝英臺氏與蜀春桃事並以女子混跡儔人中總之能文學而未習兵革也竒哉木蘭氏代父赴戎行可以言孝功成不受賞可以言忠想當胡騎衝突材官蹶張鳴鏑于伊吾飲羽于月窟其雄健之姿前無黠虜誰謂鼓聲不揚哉拂雲堆上黙祝

明妃閼氏失色矣且火伴未之覺貞矣夫

孝部
三十二

唐夫人

唐崔山南名琯博陵人為山南西道節度使柳玭曰崔山南昆弟子孫之盛鄉族罕比山南曾祖王母長孫夫人年高無齒祖母唐夫人事姑孝每旦櫛縰笄拜於階下即升堂乳其姑長孫夫人不粒食數年而康寧一日疾病長幼咸萃宣言無以報新婦恩願新婦有子有孫皆得如新婦孝敬則崔氏之門安得不昌大乎

無無居士曰孝於親人之親皆欲其為子是

猶有褊心也夫享有其孝不若躬有其孝若躬有之異躬自享之此亦責報之說非所以語孝親之純心也唐夫人之乳姑可鑒矣拜而升堂孝敬者惟姑而已若得子孫孝敬皆如之此在姑之祝則可唐夫人心無與也惟其無與孝敬斯至矣於都哉宜柳氏贊之而録以為家訓歟

孝部
三十四
環翠堂

任元受

宋任元受字盡言事母盡孝母老多疾病未嘗離左右元受自言老母有疾其得疾之由或以飲食或以燥濕或以語言稍多或以憂喜稍過盡言皆朝暮候之無毫髮不盡五臟六腑中事皆洞見曲折不待切脉而後知故用藥必效雖名醫不逮也張魏公作都督欲辟之入幙元受力辭曰盡言方養親使得一神丹可以長年必持以遺母不以獻公也况能舍母而與公軍事

邪魏公太息而許之程明道先生曰事親者不可以不知醫信哉

無無居士曰盡言以醫而孝詳其人非文摯倉公儔惟心切於母病故投劑輒謹殆若見垣者爾是非醫氏之魯閔乎魏公辟之母亦以韓衆之藥在任耶嗚呼韓衆藥雖良盡言方為親寶也

孝部
三十六
環翠堂

張介

宋番陽張吉父介方娠時父去客東川不還張君自為兒時與尚書彭器資同學作詩云應是子規啼不到致令我父未歸家聞者怜之既長走蜀父初無還意乃還省母復至涪關徃迓者三其父遂以熙寧十年二月至自蜀鄉人迎謁嘆息器資贈以詩畧云河可以竭山可徙我翁不歸行不已三徃三迓翁歸止翁行尚壯今老矣兒昔未生今壯齒郭功父詩畧云父昔離家

子方孕子得其父令壯年胡弗歸兮死敢請慰我慈母心懸懸三徃三復又十載孝子執鞭方言還

無無居士曰吉父思父之詠天性然也長而走蜀迎父斯東川有杜鵑矣惜子規呌羅而鷓鴣又啼何故三徃返而後其請方遂也彭郭二公之詠其歌虞頌魯之義乎

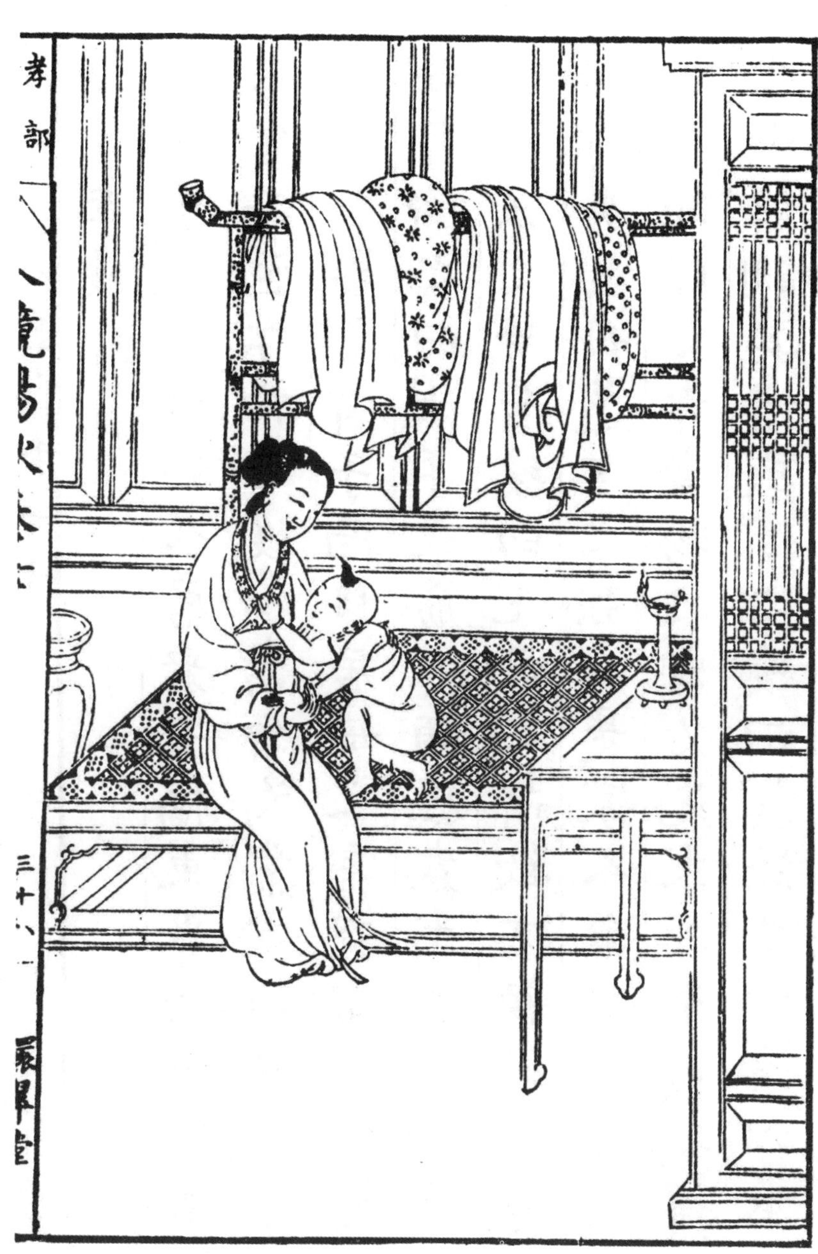

李瓊

宋李瓊杭州仁和人居衆安橋東界幼失父家苦貧而至孝於母後以鬻繒為業家稍豐厚孝心益堅娶妻有子而移居母之室夜常十餘起母每諭之曰汝年来筋力頗憊盍求婢以給侍我免汝之勞苦瓊曰凡母之所欲不親經手意如有失其母遂不之強以是家人無敢怠惰凡市人知瓊之孝者物之出必先求以奉瓊瓊得之十倍酬其價或問之瓊曰冀誘其甘滑以奉

母豈議價焉淄川人張用聞其至孝因與之卜
鄰而居
無無居士曰舜稱大孝惟終身慕而外遇不
移爾令觀李瓊始而貧心乎母矣繼而富心
益堅也及有妻子此心猶是焉且夜十起即
母止之尚叙其自將之意故烏烏私情各獲
其願凡備物以奉母者無不曲致夫甘滑而
後已觀人之卜鄰而孝益可見哉

人鏡陽秋卷七

孝部
人鏡陽秋卷二
四十
環翠堂

王逢原

宋王逢原字深甫其思歸賦有云吾父八十母髮亦素尚爾為吏复馬遐路嗷嗷晨烏其子反哺我豈不知欝其誰訴惟秋之氣憯慄感人曰興愁思側聊江濵憶為童子當此凛辰百果始熟迭進其珍時則有紫菱長腰紅芡圓實牛心緑蔕之柹獨包黃膚之栗青芋連區烏椑五出鴨脚受彩乎微核木瓜鏤丹而成質青乳之梨頳壺之橘蜂蛹淹鹺榠樝漬蜜膳羞則有鵁鶄

野鴈澤鳧鳴鶉清江之膏蠏寒水之鮮鱗冐以紫薑切以芟首觶浮萸菊俎薦菁韭坐溪山之松篁掃門前之桐梆僮僕不譁圖書左右或靜默以終日或歡言以對友信吾親之行樂安閭里其滋久切切余懷欲辭印綬固非效淵明之褊心恥折腰於五斗

無無居士曰王深甫善詞翰其孝情亦於詞翰見之俗情每矜之為仕途之参由也余嘗于此有遺憾矣夫曾参悲增北嚮季路嘆起

南遊此皆親已歿矣思也柰何之時若親而存徒思何益哉一日之養不換三公此古人所以依依於膝下也

人鏡陽秋卷七

孝部
四十三
環翠堂

黄庭堅

宋黄庭堅字魯直分寧人嘗手書云王谹稚川元豐初調官京師寓家鼎州親年九十餘矣尚閑貴人家歌舞醉歸書其旅邸壁間云鴈外無書為客久蛩邊有夢到家多畫堂玉佩縈雲響不及桃源欸乃歌余訪稚川於邸中而和之詩曰五更歸夢常苦短一寸客愁無奈多慈母每占烏鵲喜家人應賦扊扅歌身如病鶴翅翎短心似亂絲頭緒多此曲朱門歌不得湖南湖北

竹枝歌王稚川既得官都下有所盼忘歸余戲作林夫人欵乃歌二章與之云花上盈盈人不歸棗下纂纂實已垂臘雪在時聽馬嘶長安城中花片飛從師學道魚千里蓋世成功黍一炊日月倚門人不見看盡林烏返哺兒山谷至孝奉母安康至為親滌虎子未嘗頃刻不供子職故錫類之意力勸稚川以歸侍云

無無居士曰余讀山谷老人和稚川詩及欵乃歌而詳稚川旅邸之詠也夫閱貴人歌舞

而興思親之懷似矣至有所眝而忘歸則所謂欸乃歌者付之無心雲出岫也親年九十即華胥夢好其如黄粱未熟何宜山谷歌之亟矣噫子職克供虎噐親滌若山谷者真錫類之孝哉

部

四十六

環翠堂

朱壽昌

宋司農少卿朱壽昌方在襁褓而所生母被出及長仕於四方孜孜尋母不逮刺血寫經誓畢生尋訪凡五十年或傳其母嫁為關中民妻壽昌即入關中得母於陜州奉養三年而亡壽昌至毀焉

無無居士曰失親而尋訪者史牒多載之惟壽昌是者以朱紫陽編入小學故也刺血寫經情[illegible]矣至五十年尚未逮如親年何充

壽昌之心即一奉親顔色焉犬馬餘生恨畢
矣諒孝子心應如是也

聞氏

元聞氏紹興俞新妻也大德四年新歿聞氏年尚少父母慮其不能守欲更嫁之聞氏曰姑老子幼妾去當令誰視也即斷髮自誓父知其志篤乃不忍強姑久病風且失明聞氏手滌溷穢不怠時漱口上堂舐其目目為復明及姑卒家貧無資傭工與子親負土葬之朝夕悲號聞者慘惻鄉里嘉其孝為之語曰欲學孝婦當問俞母

無無居士曰聞氏截髮以勵志致父不忍奪之其酬夫者在孝姑矣舐目而目復明則姑得濟於婦者既盲之視也姑復明而酬夫之念少釋矣至親為負土以營封其孝之終始不渝哉是可則也故里語復云云

人鏡陽秋卷七

孝部
五十
環翠堂

陳茂烈

皇明監察御史陳茂烈以母老陳情乞終養疏

曰臣生十三年父善祥不幸早喪母張氏無任劬勞臣又隻身别無次丁孤苦成立臣前任吉安府推官母年雖高猶能就禄繼蒙聖恩行取来京母年愈老疾病纏綿不禁跋涉重違故鄉臨别丁寧言語悲切臣待罪於茲將二年矣顧以菲才無補風紀又蒙聖恩録臣前任微勞賜之勅命舉家幽明感被天寵揣分奚堪固

宜捐軀圖報於萬一也柰何慈闈衰邁夕照如飛母今年七十有七矣君恩猶可以再酬母年不可以多得也况臣又無男嗣又無兄弟一母一子各天一涯千思萬思無時不思疾病獨自呻吟藥餌熟與調節臣既思母則報主之心亂母復思臣則保身之心微臣心可憫母心尤可虞也伏望　皇上憐臣母子孤苦放臣終養使得以慰倚門之望少伸寸草之忱臣雖祗奉親顏仰瞻天日愈思恩渥益勵初心尚期涓埃之

報於將來再效犬馬之勞於未死豈敢釋然而長往者臣心實懇切謹具奏聞　上憫其情特許之

無無居士曰李令伯陳情豈不稱孝人每致恨於僞朝云余因誦其應詔東堂詩謂仕無中人不如歸田致帝怒竟廢於家則致恨不獨僞朝二字也令陳監察表詞哀惻可謂一字一流淚一言一隕心傷哉有令伯之孝而謝其臣晉之嫌故録此而黜彼

孝部
五十三
環翠堂

歸鉞

國朝常熟歸孝子鉞字汝威少喪母父更娶太倉娘太倉娘既有子孝子由是失愛父提孝子太倉娘輒索大杖與之曰徒手傷乃力也家貧食不足瞻每竈突煙舉釜鬲間氣蒸然矣太倉娘輒譏譏數孝子不置父大怒逐之於是乃母子飽食孝子屢困頓匍匐道中比歸父母相與言曰有子不歸家在外作賊耳又復杖之屢瀕於一死方孝子依依戶外欲入不敢俯首竊淚下

隣里無不憐也父卒太倉娘獨與其子居孝子擯不見因販鹽市中時私其弟問母飲食致其鮮焉正德庚午大飢太倉娘不能自活孝子往涕泣奉迎母母内自慙終感孝子恍懇從之孝子得食先母弟而已有飢色弟尋死太倉娘終身怡然諸與孝子遊者皆曰吾未嘗見孝子言其母若何孝子少飢餓面黃而體瘠小族人呼為菜大人

無無居士曰處繼母多遭譏譏行而孝不倦

者有矣無幾微見於言者百不一二歸孝子讒行矣而孝不倦孝不倦矣而言無幾微見此其心亦無不是底父母之心歟至食先母弟不免菜大人之呼亦云悲夫

人鏡陽秋卷七

孝部
五十六
環翠堂

劉氏

皇明劉氏真定新樂人韓太初妻太初故元時為知印洪武七年例遷和州挈家以行劉氏事姑甯氏甚謹姑在道遇疾劉刺臂血和湯以進姑疾愈至瓜州復病亦如之比至和州太初卒劉氏種蔬以給食養姑尤謹又二年姑患風疾不能起時盛暑劉氏晝夜侍姑側驅蚊蠅姑體腐蛆生蓆間又為齧蛆蛆不復生及姑病篤齧劉氏指與之訣劉氏呼號神明刲股肉和粥以

進姑復甦越月而卒劉氏殯舍側園中欲還家
合葬舅墓哀號凡五年不能歸事聞
上遣中使賜劉氏衣鈔官為送其姑喪歸葬
無無居士曰我
太祖高皇帝以孝風天下其於劉氏婦乃特旌
焉劉氏刺血和湯者再姑疾雖愈而道路艱
關已憊矣比夫卒而事姑病者尤謹至驅蚊
蠲蛆刲股和粥以進此其情寧不更切於刺
臂時耶嗚呼旅櫬銷魂金篦失耀窮巷之思

悲可知已幸逢明時而丹旐獲返孝感哉

卷七終

人鏡陽秋卷八

明新都無無居士汪廷訥昌朝父編

孝部

色養類

無無居士曰以色為養夫子難之顧色非形也根於心也微露悍則駭耳而難以回聽稍逞厲則刺目而難以悅睇色斯忤矣故庭除之際悍厲不可諓佞亦非惟心之所融太和可掬已將之已不自知之斯至哉

孝部
人鏡陽秋卷八
二
環翠堂

老萊子

周老萊子楚人也孝奉二親行年七十父母猶存作嬰兒戲身着五色班斕之衣嘗取水上堂詐跌仆卧地為小兒啼弄雛於親側欲親之喜

無無居士曰高英彥士不卜名利之纏鎖者僅碧山綠水之褊心哉目寄八下之娛視名利直土苴爾班衣之戲小兒之啼懽親心也親心懽而老萊之心融於形骸聲色之外矣

人鏡陽秋卷八

黃香

漢黃香字文強江夏人年九歲失母思慕憔悴殆不免喪鄉人稱其孝獨養其父躬執勤苦夏則扇枕蓆冬則以身温被太守劉護表而異之自是名聞於世後官累遷至尚書令子瓊及孫皆貴顯

無無居士曰漢人有言江夏黃童天下無雙夫孝至於無與侶豈不卓絕然扇枕温衾乎乎爾誰則能之後世遂以為美談誰則嗣之

茲欲嗣而能之當於乎乎求之可已

部
六
環翠堂

茅容

東漢茅容字季偉陳留人年四十耕於野遇雨與等輩避於樹下衆皆夷踞容獨危坐愈恭太原郭林宗見而異之遂與共言因請寓宿旦容殺鷄為饌林宗意為己設既而以供其母自以草蔬與客同飯林宗起拜之曰卿賢哉遠矣郭林宗猶減三牲之具以供賓旅卿如此乃我友也勸令從學卒以成德

無無居士曰容之孝不在鷄一鷄亦不足以

盡容孝惟執鷄表孝者謬矣盖容而能孝則啜菽飲水足懽親心而况於鷄苟徒能饌則駝峰熊蹯氷鱗雪鱠亦不為孝而况於非鷄觀林宗之自反而所以孝者必有在也余懼世以口體為孝故辯之

箕頴之心也茲心人不測不之減測之不之增常自若爾夫能為親歷者乃能為身重詎謂少節易測哉

人鏡陽秋卷八

孝部
十
環翠堂

王悅

晉王悅字長豫為人謹順事親盡色養之孝丞相導見長豫輒喜少子敬豫輒嗔長豫與丞相語常以謹密為端觀其親之喜慍則其子之為人可知矣

無無居士曰孝親之道惟色為難緣色生於心匪偽亦匪阿也長豫以謹密為端則其能令親喜者和心相融洽爾若偽且阿是心先自欺矣沮喪莫甚於斯惡能悅

辛部

十一 叢翠堂

人鏡陽秋卷

孝部
十二
叢翠堂

盛彥

晉盛彥字翁子廣陵人也少有異材年八歲詣吴太尉戴昌昌贈詩以觀之彥於坐荅之辭甚慷慨母王氏因疾失明彥每言未嘗不流涕於是不應辟召躬自侍養母食必自哺之母疾既久至於婢使數見捶撻婢忿恨伺彥蹔行取蠐螬炙飴之母食以為美然疑是異物密藏以示彥彥見之抱母慟哭絶而復蘇母目豁然即開從此遂愈

無無居士曰翁子天才穎悟荅贍之作藻思霞絢盖俊姿也因母失明力辭聘召盖母食非躬哺即為非珍是以無所盲者濟既盲之視也烏烏反哺一念彌深螬炙之示因毒為良豈人能致哉盖天濟之巧爾

孝部
十四
環翠堂

王起

唐王起字子龜性高簡無貴冑氣以光福第賓客多更住永達里林木窮僻搆半隱亭以自適侍父中條山朔望一歸省州人號為郎君谷

無無居士曰王子龜閥閱華冑簪纓世族然性慕林泉者以冠冕為芻狗志傲煙霞者以珪璋為桎梏則以半隱名亭其意念亦遐矣哉大抵至情之所繫戀者豈容悉捐故于朔望一歸省吾想庭除瞻依之際半為山靈載

将去矣

人鏡陽秋卷八

十六

李皐

唐曹成王李皐爲衡州刺史有治行湖南觀察使辛京果疾之陷以法貶潮州刺史楊炎知其直及入相復擢爲衡州始皐之遭誣在治念太妃老將驚而戚出則囚服就辯入則擁笏垂魚即貶於潮以遷入賀及復刺衡州然後跪謝告實

無無居士曰曹成王唐之賢宗室也氣凌觸聚摩賊鞭闌可謂藩臣之逸駿矣時遭貝錦

南竄瓊渤即心甘之奈太妃在堂何其以遷入賀者情亦可悲是云權以濟恩者至於朝廷真少恩哉每覽此令人掩卷浩歎

鏡陽秋卷

孝部
竟陽秋卷
十八
環翠堂

李迥秀

唐李迥秀中宗時累官脩文館學士其母少賤妻嘗詈媵婢母聞不樂迥秀即出其妻或問之曰娶婦欲事姑茍違顏色何可畱後所居堂產芝草犬乳鄰猫帝以為孝感表其門閭

無無居士曰古人以蒸梨叱狗去其妻者則迥秀之逐妻為妻過甚於二者也彼詈罵聲聞誠非色養逐而束薪伐棗之無人此去婦終於靡蕪之採也孟軻氏嘗欲黜妻矣因母

言而止惜乎李母非軻母也噫

徐積

宋徐積字仲車謚節孝處士三歲父死旦旦求之甚哀母使讀孝經輙淚落不能止以父名石終身不用石器行遇石則避而不踐事母謹嚴非有大故未嘗去其側日具太夫人所嗜或不獲即奔走闤市若有所亡人或慕其純孝損直以售之親戚故人或致其毳誠不至禮不恭弗受也所奉饌皆自調味太夫人飲食時先生率家人在左右為兒戲或謳歌以說之故太夫人

雖在窮巷而奉養與富貴家等無須臾不快也

太夫人以疾終先生號慟嘔血絶而復蘇哭不輟聲呂溱造廬下聞其號泣曰想見冤神中夜聞此聲亦須為公泣也

無無居士曰自周人以諱事神若名后而終不踐勢亦難之茲可以測孝心矣至求甘毳得之不以禮亦不受是以禮奉親茲所以為難爾嗟夫生則歌謳死則慟哭情至矣宜呂溱之浩嘆也孝之純難能哉

人鏡陽秋卷八

孝部
二十二
聚星堂

吕希哲

宋吕希哲字原明壽州人也官侍講申國正獻公之長子正獻公居家簡重寡默不以事物經心而申國夫人性嚴有法度雖甚愛公然教公事事循蹈規矩甫十歲祁寒暑雨侍立終日不命之坐不敢坐也日必冠帶以見長者平居雖甚熱在父母長者之側不得去巾襪縛袴衣服唯謹行步出入無得入茶肆酒肆市井里巷之語鄭衛之音未嘗一經於耳不正之書非禮之

色未嘗一接於目內則正獻公與申國夫人教訓之嚴外則焦千之先生化導之篤故公德器成就大異衆人公嘗言人生內無嚴父兄外無嚴師友而能有成者少矣

無無居士曰呂原明可謂能立孝道者也然教導之功居多童牛之牿長漸易易爾故聖如夫子亦閑庭訓矧賢哲以下可乏詔語不則玩好在耳目之前而志之喪者多矣呂氏得中原文獻之傳有本哉

人鏡陽秋卷八

人鏡陽秋卷九

明新都無無居士汪廷訥昌朝父編

孝部

永慕類

無無居士曰子即襁褓中孰不知慕親惟永慕方為大顧知識漸移於欲實斯難之矣豈永慕難耶子難永慕爾且難永慕者則未有難永慕者也蓋慕生於念一念至念念悉與親通則欲不能移何難之有頫與世蹈之

孝部一
二一
環翠堂

仲由

仲由字子路卞人也嘗見於孔子曰負重涉遠不擇地而休家貧親老不擇祿而仕昔者由也事二親之時常食藜藿之實而為親負米百里之外親沒之後南遊於楚從車百乘積粟萬鍾累茵而坐列鼎而食欲食藜藿為親負米不可復得矣孔子曰由也事親可謂生事盡力死事盡思者也

無無居士曰子路有言傷哉貧也蓋謂事親

於生死之間難致情爾夫情亦何極惟盡其在己者而已百乘萬鍾累茵列鼎豈不榮親哉然回視藜藿之時若懸霄壤由惟嘆負米不可得者一日之養重故也悲夫身宦南國而心常在百里之外假親而在脁屣不難矣

孝部
四一
聚翠堂

樂正子春

周樂正子春魯人也下堂傷足既瘳數月不出猶有憂色曰吾聞之曾子父母全而生之已全而歸之可謂孝矣故君子一舉足一出言不敢忘父母不敢毀傷孝之始也夫能敬慎若斯而災患及者未之有也

無無居士曰千金之子坐不垂堂以金而重身也親重於金逈矣此身寧不爲親重哉此子春所繇傷也傷之而致憂不已其獲千金

於曾子者多矣

孝部

丁蘭

漢丁蘭河内人也少喪考妣不及供養乃刻木為親形像事之如生朝夕定省後鄰人張叔妻從蘭妻借看蘭妻跪授木像木像不悦不以借之張叔醉罵木像以杖敲其頭蘭還見木像色不懌問其妻具以告之即奮擊張叔吏捕蘭蘭辭木像去木像見蘭為之垂淚郡縣嘉其至孝通於神明奏之詔圖其形像

無無居士曰刻木為像志孝思也像不悦懌

且為垂淚豈不志悽哉是不然已之精神即親之精神像色徵異者一蘭之精神若幻化爾像豈有異耶或言優填國王刻旃檀佛像以慰永慕及佛降像亦起迎于此更復何疑

余曰在彼教中則可吾儒只道其常

韓伯俞

漢韓伯俞亳州人少有過其母笞之泣母曰吾他日笞子未嘗泣今泣何也對曰俞得罪笞常痛今母之力不能使痛是以泣

無無居士曰人有過貴在痛改引為己罪其恒過恒改可知且笞而受痛其神已遊於推山填壑之表矣一旦以不痛而泣其泣也甚于痛矣悲夫母之力已改於昔故泣之心即痛之心

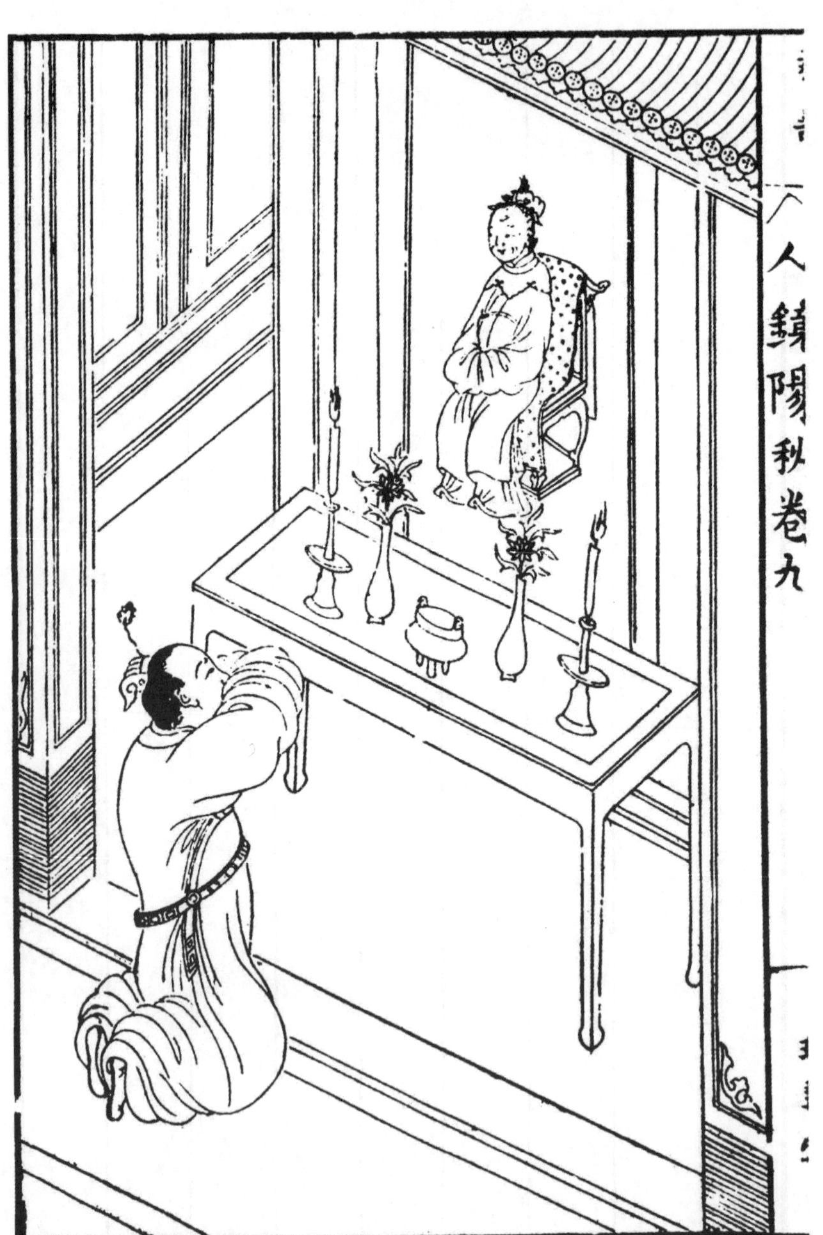
人鏡陽秋卷九

孝部

金日磾

漢金日磾字翁叔本匈奴休屠王子也武帝元狩中父為昆邪王所殺日磾旦夕悲愴與母閼氏弟倫俱降漢沒入官輸黃門養馬久之帝遊宴見日磾奇其狀貌拜為馬監遷侍駙馬都尉日磾奉母盡孝道其母教誨二子甚有法度帝聞嘉之既死詔圖其像于甘泉宮署曰休屠王夫人閼氏日磾每過見畫像常拜涕泣久乃去帝愈厚之

無無居士曰日磾降胡奉母入塞漢欲羈之惟羈其所出也其母死而驕悍馳騖之性寧無陰山祁連之想哉圖像甘泉每過拜泣所以維縶其情而堅久晋之志者實係於斯此漢武馭降之術因人以施也卒之日磾為漢純臣豈非忠孝一道哉

孝部
十二
聚翠堂

汝郁

東漢汝郁陳郡人也五歲母病不食郁亦不食母憐之強食郁能察色知病輙復不食族人號曰異童年十五著於鄉里父母終思慕致委推財與兄弟隱于草澤君子以為難況童齓孝於自然可謂天性也

無無居士曰陶靖節叙孝行乃收異童貴天性也夫不食視母固異又能察色尤異至終身思慕非性值於天者不能而汝郁優能之

異之異者也嗟嗟孝乃庸行爾奚貴異人惟庸不能盡斯表異也自彼視之亦寓諸庸初何異之有

孝部
十四
環翠堂

徐庶

三國徐庶字元直潁川人初從昭烈在樊曹操来攻獲庶母庶辭昭烈而指其心曰本欲與将軍共圖王霸之業者以此方寸之地耳今失老母方寸亂矣無益于事請從此别遂詣操

無無居士曰元直與崔州平並漢上逸才諸葛孔明最稱之初圖傾心昭烈即王霸之業亦其緒餘一旦操刼其母視功業如敝屣矣啞啞啼烏将子風林即欲颺采朝曒其能夾

日以飛哉元直處茲不惑者心素定也即戕
滅無聞於時所全者多矣

孝部
十六
環翠堂

王修

魏王修字叔治北海營陵人七歲時喪母母以社日亡來歲隣里修社會叔治感念亡母哀甚初喪隣里聞之為之罷社孔融在北海名修為主簿後舉孝廉郡中有反者修夜往奔融賊初發融謂左右曰能冒難來者唯王修耳言終而修至

無無居士曰叔治哀慟鍾情慷慨赴義綿山焚隱晉代為之禁烟羅渚沉忠楚人因而競

渡則鄉人聞哭而罷社者萬古一心也文舉當難而料其赴援亦卜之於孝爾子儀孫襃何王氏之世忠孝哉

人鏡陽秋卷九

孝部
十八一
聚翠堂

顧悌

吴顧悌以孝悌廉正聞於鄉黨每得父母書洒掃整衣服設几案舒書其上拜跪讀之每句應諾畢復再拜父有疾耗之問臨書垂泣哽噎父終水漿不入口五日孫權為作布衣一襲強令悌釋服悌雖以公義自割猶以為不見父喪常畫壁作棺象設神坐於下每對之哭泣服未闋而卒

無無居士曰山居斯骨肉長聚仕宦則膝下

睽違然人子每竊一命爲尊人光寵者以雖有離憂而其志樂也顧悼接父書必肅儀展讀句諸連聲如親承命也者豈其甘遠遊哉欲樂親志爾比父喪而哀慟踰禮雖人主令襲衣釋服而洋洋東壁遺容哀慕無有已時何其生盡敬而歿盡哀歟東吴多孝子哉

人鏡陽秋卷九

孝部
二十
環翠堂

王裒

晉王裒字偉元城陽營陵人也父儀高亮雅直為文帝司馬東關之役帝問於衆曰近日之事誰任其咎儀對曰責在元帥帝怒曰司馬欲委罪於孤耶遂引出斬之裒少立操尚慱學多能痛父非命未嘗西向而坐示不臣朝廷也於是隱居教授三徵七辟皆不就廬於墓側旦夕常至墓所拜跪攀栢悲號涕淚着樹樹為之枯母性畏雷母沒每雷輒到墓曰裒在此及讀詩至

哀哀父母生我劬勞未嘗不三復流涕門人受業者並廢蓼莪之篇

無無居士曰偉元以父獲戾於抗言因恥臣晉室夫戾於晉忠於魏也偉元獨善其身孝於父亦忠於君也在三之義著矣栢樹為枯蓼莪並廢物感且移况于人乎聞雷慰母特其餘事爾

吴隱之

晉吴隱之字處默濮陽鄄城人少有孝行遭母喪哀毁過禮時與太常韓康伯鄰居康伯母殷浩之妹聰明婦人也隱之每哭康伯母輙流涕悲不自勝終其喪如此謂康伯曰汝後若居銓衡當用此輩人後康伯為吏部尚書隱之遂階清級

無無居士曰吴處默誠孝廉人也在上以孝取人則勇割股而怯廬墓矣是上下皆虛以

相應康伯母聞處默哭而悲感則相應以誠豈假勢風雲非由羽翮者比及康伯官銓衡而處默階清級是招才於琴釣之上收士於牧歌之中也又奚慮之有

人鏡陽秋卷六

孝部
二十四
環翠堂

昭明太子

梁昭明太子蕭統字德施高祖長子也至性仁孝所生丁貴嬪亡水漿不入口每哭慟絶高祖遣顧常侍喻旨曰毁不滅性聖人之制禮不勝喪比於不孝有我在那得如此太子乃强進數合自是至葬日進麥粥一升昭明體素壯腰帶十圍至是減削過半每入朝士庶見之莫不下泣

無無居士曰扶蘇死而秦亡昭明喪而梁亂

謂天無意乎潛邸不應誕此明哲若天有意乎何泥蟠失水竟不獲天飛耶孝矣昭明毀而滅性豈不閑禮哉不勝情至之悲爾余嘗躋蕭梁父子於曹魏然以子桓之貨色而克享皆天之不可測

鏡陽秋卷

孝部
二十六
環翠堂

朱百年

六朝朱百年會稽山陰人也家素貧薄母以冬月亡衣並無絮百年自此不衣綿帛嘗寒時就同縣孔思遠宿衣悉裌布飲酒醉眠思遠以臥具覆之百年初不知既覺引臥具去謂思遠曰綿定奇溫因流涕悲慟思遠亦為之感泣

無無居士曰朱山陰之情哀痛深矣母衣無絮見背寒冬從茲衣裌不著長相思者夫豈耐寒哉其永慕惻褁相思者更長爾一旦知

綿奇温對友悲慟友亦為之流涕嗚呼

人鏡陽秋卷九

孝部
二十八

寇準

宋寇萊公準字平仲少時不修小節頗愛飛鷹走犬太夫人性嚴嘗不勝怒舉秤錘投之中足流血由是折節從學及貴母已亡每捫其瘡痕輒哭及為樞密直學士賞賜金帛甚厚乳母泣曰太夫人不幸時求一縑為衾襚不可得豈知今日富貴哉公聞之慟哭盡散金帛終身不畜財産後雖出將入相所得俸禄惟務賑施内無聲色之娱寢處一青幃二十餘年

無無居士曰寇萊公之孝蓋心有所不安云夫母以貧終苟纖毫異於母時是即纖毫之忘母也一縑不可得富貴豈直一繐哉公聞婢泣而慟哭則又一縑富貴矣故財產不畜一如母時嗚呼其瘡痕常捫之心歟

孝部
三十
翠堂

許俞

宋許俞字堯言徽州黟人少喪母事父以孝謹聞供給甘旨晝夜不怠父之所欲無遠邇必致之當隨計偕安輿扶侍稅舍輦轂與妻子共食麤糲晨夕事父必盡珍異常示豐厚恐貽父憂公卿聞者多率俸以助其養父年垂八十謂俞曰覩汝登科之後沒于地足矣大中祥符七年俞果登第授溶陽從事扶侍歸海陵别業即路有日父疾沉篤俞晝夜供省以至澣濯必親或

問其故俞曰澣濯於家人之手慮其厭怠也父喪摧毀幾至滅性或歷父經由之地涕泣者永日嘗過琅山別院馬上忽泣下僕御問其由曰我父曾寄此也士流伏其孝

無無居士曰許堯言粗糲自處豐腆致親孝動公鄉間茲豈浮名浪傳哉觀其手澣父衣即石家軌範經父寄地究仲氏悲思可見矣士人無間於公鄉人心豈懸殊哉

人鏡陽秋卷九

孝部
三十二
環翠堂

李大妻

宋李大妻甄氏奉姑甚孝夫與其弟異居一日姑往視其次子家甄氏隨行不忍去姑側姑乃遣之還甫三日甄氏心驚舉身流汗意姑疾也亟往省之果有以疾來告者甄氏沿道拜禱至姑側侍湯藥數日而愈後姑年九十一以疾終既葬甄氏廬墓三年旦暮悲號不輟里人稱爲孝婦詔旌表其門

無無居士曰姑媳以人合故孝爲尤難甄氏

之孝以心感也夫之弟既異居則姑不得不暫離者勢也限於勢而不忍則心常在側矣心驚而往省聞疾而路禱均之不覺露此心也既葬又安忍去姑側乎故廬墓悲號之心亦隨行不忍之心孝哉甄氏其人而天者歟

孝部
三十四
環翠堂

丘鐸

國初丘鐸字文振汴之祥符人劉基先生弟子也至正末父誠為湖廣等處儒學提舉鐸侍母馬夫人留吳越江右兵大起二浙繹騷鐸避地四明暨江南皆歸職方復奉母至南京每西向翹首曰武昌有来者庶幾知吾父之所在乎已而其父果至自武昌相見悲喜鐸賣藥以自給親忘其貧焉已而從弟宦會稽夫人疾鐸晝夜泣禱神祇乞以身代及沒鐸哀慟幾絶卜葬嗚

鳳山之原哭曰鐸生也咫尺不離吾母膝下今逝矣可委體魄於無人之墟乎乃結廬墓側朝夕上食如生時當寒夜月黑悲風蕭颼如臨鬼神鐸恐母岑寂也輒巡墓號曰鐸在斯鐸在斯其地多虎聞鐸哭聲輒避去故會稽人異之稱為真孝子云

無無居士曰說者謂鳴鳳山當白馬上妃二湖間人跡罕至白晝虎狼旁午身者親之身當以禮自節為孝子過噫結廬墓側防衛已

周情至而禮不違誰謂孝子無節哉

人鏡陽秋卷十

明新都無無居士汪廷訥昌朝父編

孝部

致死類

無無居士曰事親者服勤致死在禮有之然非徒死之難顧所以死何如爾彼死難死也死讒死也等死爾與貽父以殺子之名寧蹈難以全父者斯愈乎嘗敢贖之曰身與親俱全者上也激而傷生果合禮不希共酌之

孝部
人鏡陽秋卷一
環翠堂

尹伯奇

尹伯奇周鄉士尹吉甫子也事後母甚孝無衣無履履霜挽車母嘗取蜂去毒繫自衣上伯奇見之進前欲為母去之母大呼曰伯奇牽我衣吉甫以是見疑而逐乃編芰荷以為衣采楟花以為食清朝履霜援琴而歌曰履朝霜兮採晨寒考不明其心兮聽讒言孤息別離兮摧肺肝何辜皇天兮遭斯愆痛没不同兮恩有偏誰能流顧兮知我寃曲終投河而死

無無居士曰綴蜂之疑流恨千古啟後代之譏端令孝子撫膺飲痛縮舌而莫之白也噫顧吉甫賢父也乃猶若是況頑而溺愛者乎余誦履霜之操而訝繼母之螫甚于蜂尾也幾推琴而劈碎之

孝部
人鏡陽秋卷十
四
紫翠堂

申生

春秋申生晉獻公太子也獻公伐驪戎得戎女立為驪姬生子奚齊有寵欲立奚齊為太子譖公使申生居曲沃公子重耳居蒲城公子夷吾居屈驪姬欲害太子申生使謂太子曰君夢齊姜汝必速祭之太子遂祭之於曲沃歸胙於公公田姬寘諸六日公至毒而獻之公祭地地墳與犬犬斃與小臣小臣亦斃姬泣曰賊由太子太子奔新城公殺其傅杜原款或謂太子曰子

辭君必辯焉太子曰君非姬居不安食不飽我辭姬必有罪君老矣吾又不樂遂縊死于新城

無無居士曰申生之待烹豈以獲戾於親無所逃於天地間耶不然也亦以君安驪姬恐傷厥考心故爾惟一死則姬之謀遂謀遂則承君寵者不衰而君心愈安矣此申生就死意也何暇他計哉

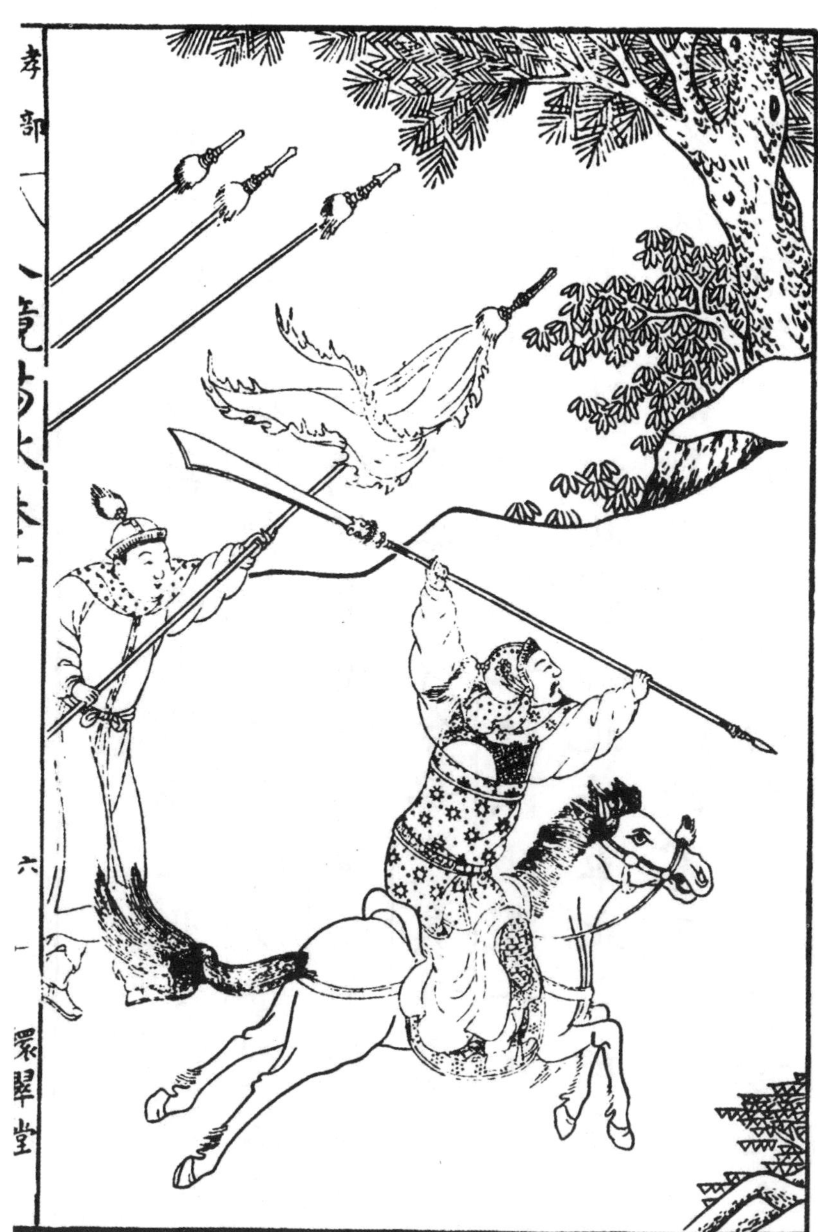
孝部
六一
聚翠堂

卞莊子

卞莊子好勇母無恙時三戰而三北交遊非之國君辱之卞莊子受命顏色不變及母死三年魯興師卞莊子請從至見於将軍曰前猶與母處是以戰而北也辱吾身今母沒矣請塞責遂走敵而鬬獲甲首而獻之請以此塞一北又獲甲首而獻之請以此塞再北将軍止之曰足不止又獲甲首而獻之曰請以此塞三北将軍止之曰足請為兄弟卞莊子曰夫北以養母也今

母歿矣吾責塞矣吾聞之節士不以辱生遂奔敵殺七十人而死

無無居士曰勇者重其死爲身有所係也昧者不知而薄之且不知所以用其勇矣夫親而在則身者親之身也舉親之身而輕用其勇如親何故卞莊子以三北之耻塞於親沒之後者爲親而蒙耻也孝矣卞莊知所重矣惜也奔敵而死豈誠爲不知已者詬厲耶亦過矣哉

孝部

皐魚

皐魚被褐擁鐮哭於道傍孔子行聞哭聲甚悲孔子曰驅驅前有賢者至則皐魚也孔子辟車與之言曰子非有喪何哭之悲也皐魚曰吾失之三矣少而學游諸侯以後吾親失之一也高尚吾志間吾事君失之二也與友厚而小絶之失之三矣樹欲靜而風不止子欲養而親不待也往而不可得見者親也吾請從此辭矣立槁而死孔子曰弟子誡之足以識矣於是門人辭

歸而養親者十有三人

無無居士曰異哉臯魚之槁死何以得此聲于後世哉夫均以三失自責其所以最責者游諸侯以後親也彼事君雖閒朝猶可登友誼雖薄交猶可締傷心哉親一沒雖欲如事君交友焉時難再矣故披裼道哭其於風樹之譬深有餘恨蓋詞鬱神愴而情至魂馳立而槁也惟親謦咳其側斯可面矣三復爲之於悒

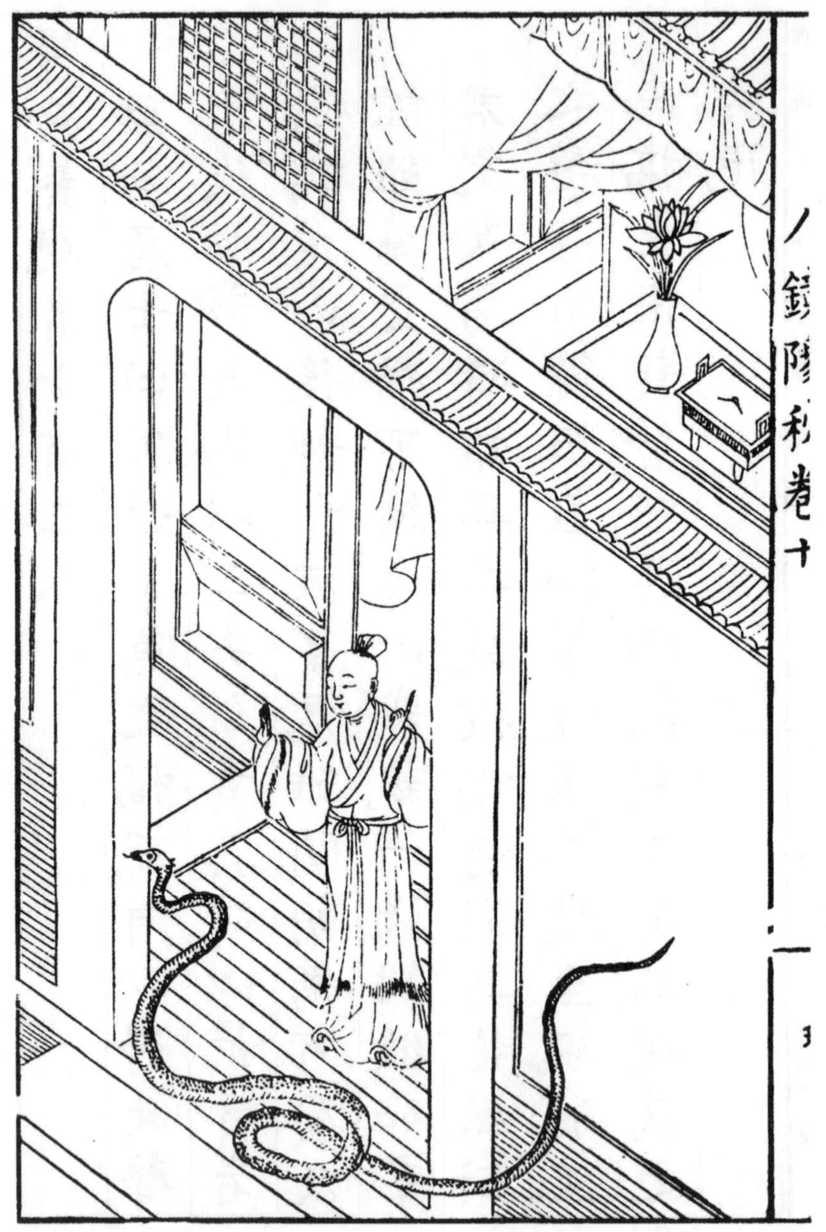

孝部
人鏡陽秋卷一
十
環翠堂

殷陶

漢殷陶汝南人也年十二以孝稱遭父憂率情合禮有長蛇帶其門舉家奔走陶以喪柩在焉獨居廬不動親戚扶持曉諭莫能移之啼號益感由是顯名屢辭辟命夫智者不惑勇者不懼陶孝于其親而智勇彰乎弱齡斯又難矣

無無居士曰楊氏之鳥竇氏之蛇並以表異而殷陶之孝亦以蛇著夫蛇而祥歟妖歟俱不可知顧殷氏之用情何如爾陶而守禮歟

雖妖亦祥陶丙棄禮歟雖祥亦妖蛇無與也元亮以智勇贊之且列於庶人之孝其爲煅氏之祥符哉

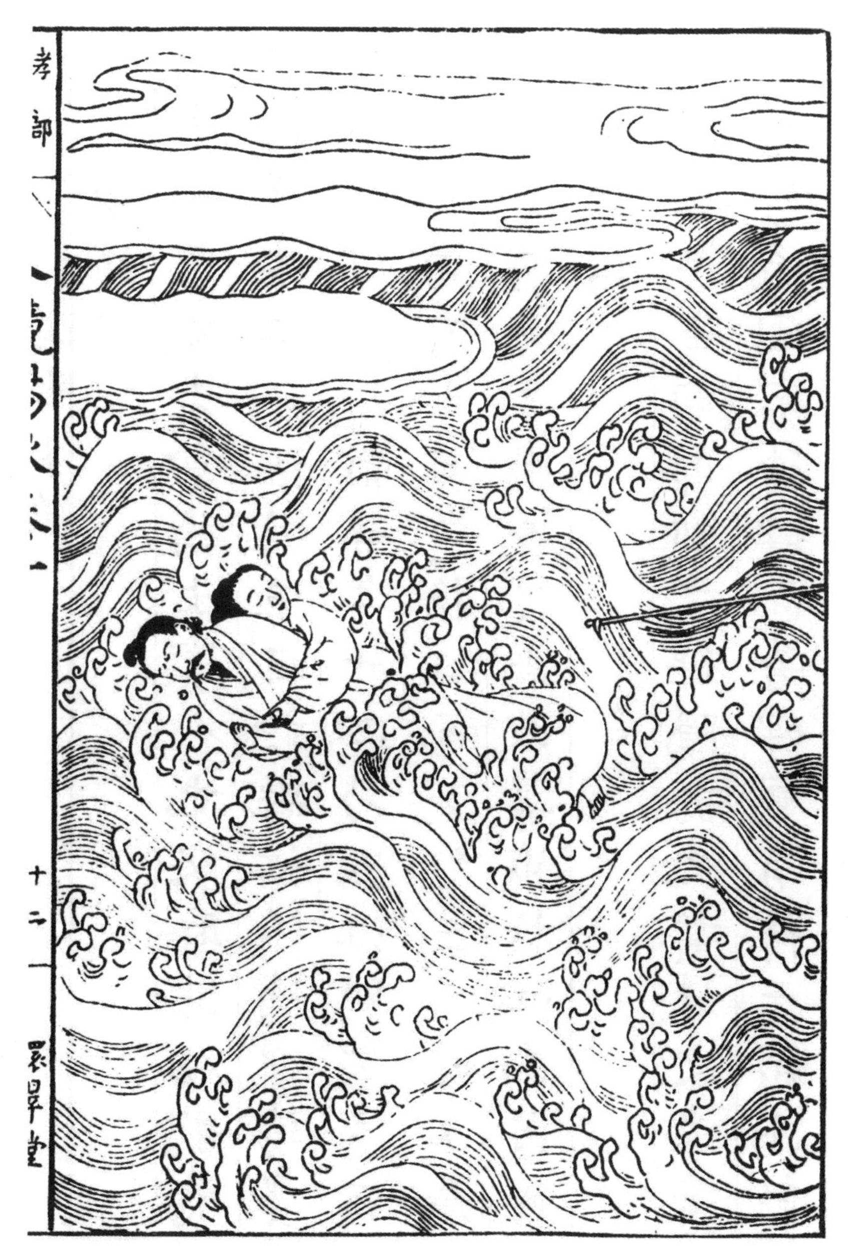
孝部
十二

曹娥

漢孝女曹娥者會稽上虞人也父盱能絃歌爲巫祝漢安二年五月五日於縣江泝濤迎婆娑神溺死不得屍骸娥年十四乃沿江號哭晝夜不絕聲旬有七日遂投江而死經三日抱父屍出至元嘉元年縣長度尚改葬娥於江南道傍爲立碑焉

無無居士曰邯鄲之碑隱語之贊娥之孝著矣然娥固不待碑而著碑實有待于娥而彰

二者均有聲於後史遷所以嘆夷齊得孔子
而名益彰也前人有定論矣於茲何容吾喙

人鏡陽秋卷十

孝部
十四
環翠堂

龐孝女

晉傅玄作秦女休行云龐氏有烈婦義聲馳雍梁父母家有重怨仇人暴且彊雖有男兄弟志弱不能當烈女念此痛丹心為寸傷外若無意者內潛思無方白日入都市怨家為平常匿劒藏白刃一奮尋身僵身首為之異處伏尸列肆旁肉與土合成泥灑血濺飛梁猛氣上干雲霓仇黨失守為披攘一市稱烈義觀者收淚並慨忼百男何當益不如一女良烈女直造縣門云

父不幸遭禍殃令仇身已分裂雖死情益揚殺人當伏法義不茍活隳黎舊章縣令解印綬令我傷心不忍聽刑部垂頭塞耳令我吏舉不能成烈著希代之績義立無窮之名夫家同受其祚子子孫孫咸享其榮令我作歌吟咏高風激揚壯猆悲且清

無無居士曰孝哉龐女余讀是行而覺烈誼之横天也夫父仇不戴天此可以律丈夫事乃女子優為之殲怨家於都市而詣縣陳詞

凜凜秋霜皜日且不以忿激私心故紙三尺也女子能是其英風猛氣淺易水而隘軹井也宜哉

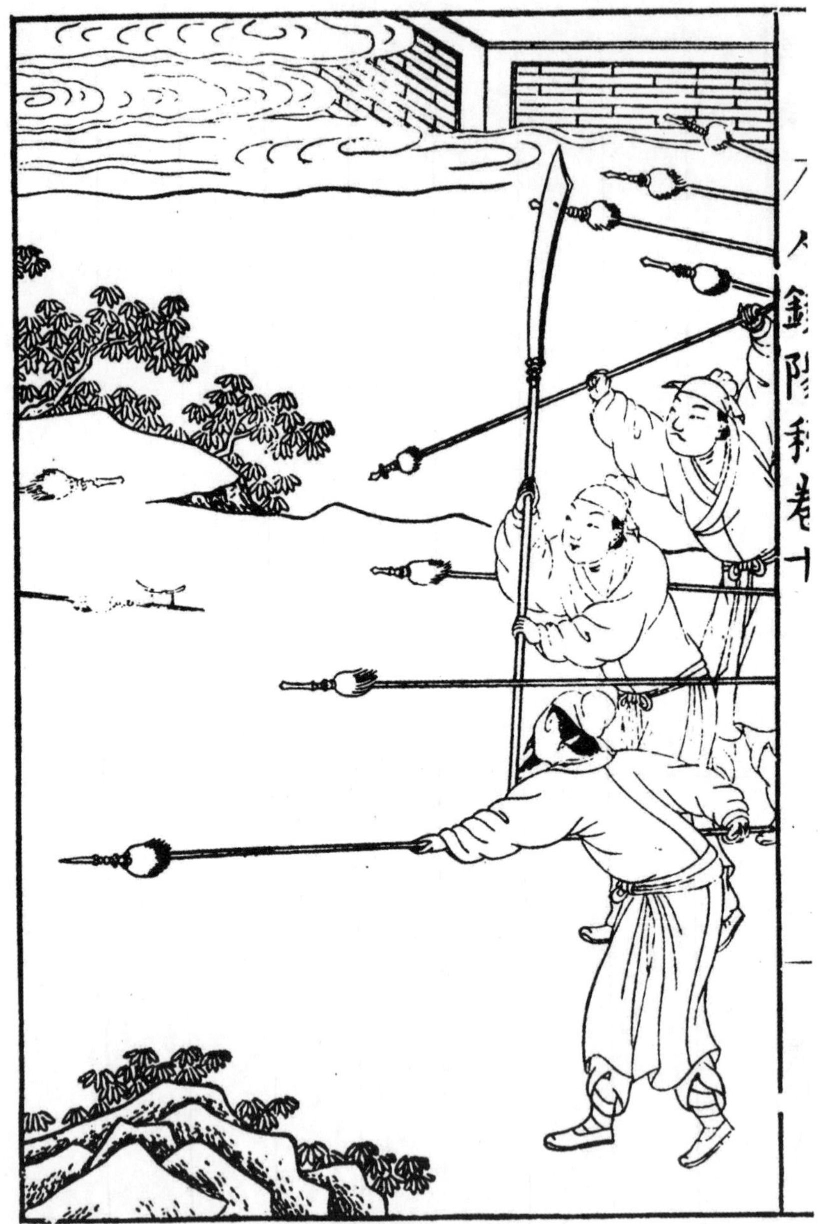

荀灌

晉荀灌崧之小女也幼有奇節崧為襄城太守為杜曾所圍力弱食盡欲投於故吏平南将石覽計無所出灌時年十三乃率勇士數十人踰城突圍夜出賊追甚急灌督厲将士且戰且前得入魯陽山獲免遂向覽乞師又代書與南中郎将周訪結為兄弟訪即遣子撫率三千人會覽救崧賊聞兵至散走灌之力也

無無居士曰女子能戰者彤管希見馬木蘭

女之代父潘將軍之翼夫宜乎傳金柝而齊
錦韉也雄矣荀氏韜勁氣于深閨蘊果心于
清署賊騎長圍軍聲四合乃突陣宵衝勇先
士卒目中已無百萬熊羆氣矣又代書約結
周訪即磨盾鼻而操檄者何以過之辛之襄
城圍解名光史冊有以夫

人鏡陽秋卷十

孝部
人鏡陽秋卷十
十九
環翠堂

潘綜

六朝潘綜吴興烏程人孫恩之亂妖黨攻破村邑綜與父驃共走避賊驃年老行遲賊轉逼驃驃語綜曰我不能去汝走可脫幸勿俱死驃困乏坐地綜迎賊叩頭曰父年老乞賜生命賊至驃亦請曰兒年少自能走令為我不去我不惜死乞活此兒賊因斫驃綜抱父於腹下賊斫綜頭面凡四創綜已悶絶有一賊從旁來語其衆曰此兒以死救父何可殺之殺孝子不祥賊乃

竝父子並得免宋文帝元嘉四年有司奏改其里為純孝里蠲租布三世

無無居士曰孫恩之起番禺也三吳受慘極矣綜父子之獲免亦孝感哉夫父老遁遲賊勢轉逼子可去矣乃不去以全父父分死矣乃乞死以活兒兩情交迫各請所天綜抱父受刀儻已之天獲全即死且甘心矣卒之群賊之天亦動幸而得俱免也是豈天幸哉孝之至也

二十一
翠堂

吉翂

梁吉翂字彥霄馮翊蓮勺人也幼有孝性梁天監初父為吳興原縣令為吏所誣逮詣廷尉翂年十五號泣衢路祈請公卿見者皆為隕涕父理雖清白而恥為吏訊乃虛自引咎罪當大辟翂乃撾登聞鼓乞代父命武帝嘉異之以其童幼疑受教於人敕廷尉嚴加脅誘取其疑實廷尉盛陳徽纆厲色問曰爾來代父死敕已相許便應伏法然刀鋸至劇審能死否且爾童孺志

不及此必為人所教姓名是誰若有悔異亦相
聽許對曰囚雖蒙弱豈不知死可畏憚顧諸弟
幼稚惟囚為長不忍見父極刑自延視息所以
內斷胸臆殉身不測委骨泉壤此非細故柰何
受人教耶廷尉知不可撓乃更和顏語之曰主
上知爾父無罪行當釋免翂初見囚獄掾依法
備加桎梏廷尉矜之命脫二械更令着一小者
翂弗聽曰翂求代父死死囚豈可減乎竟不脫
械廷尉以聞帝乃宥其父丹陽尹王志欲舉充

純孝邠曰父辱子死夫道固然若邠靦面當此舉則是因父買名一何甚辱拒之而止後秣陵鄉人裴儉丹陽郡守臧質揚州中正張亥連名薦邠孝行純至明通易道勑太常旌舉

無無居士曰吉彥霄可稱賢人君子云夫迫於情者不恤法以苟活閑於禮者不慱名以求高顧趨情則易而守禮則難惟君子能辯之仁哉梁孝始疑非實而曲以探情既焉得情而亟為末減孝子之情已遂矣乃恥舉純

孝不忍因父以買名非深于禮教者誰則拒之霄空海寘俯仰無愧知娱親而已矣遑計其他余故曰賢人君子也

人鏡陽秋卷十

孝部
二十四

張藏英

五代張藏英舉族為賊孫居道所害藏英年十六僅以身免後逢居道於幽州市引佩刀刺之不死為吏所執節帥趙德鈞訊之釋不問就補牙職藏英後聞居道避地關南乃求為關南都巡檢使微服携鐵撾匿伺其出擊之仆地齧其耳噉之遂禽歸設父母位縛居道於前號泣鞭之臠其肉經三日剖其心以祭即詣官首服官為請而釋之燕薊間目為報讐張孝子

無無居士曰父母之讐不同天惟死於執法之吏者不得讐讐之是讐天子之法也若張蔵英之報讐直賊爾礁胸折脛剸其肉而寢處其皮苟得甘心焉無不可者若法律殺人者死豈在玆限凡為治者宜赦之矧燕薊慷慨之士出乎性哉

孝部
人鏡陽秋卷十
二十六
環翠堂
令

詹惠明

宋詹惠明以字行名季清婺源人紹興九年因父直醉毆殺隣人妻姚氏法當死時惠明不在家既知乃詣里正及縣乞以身代不聽獄既具持牒訴郡言無以報罔極之恩幸有兩弟可以養母乞代父受極刑齧指出血詞甚哀切太守曾天游侍郎告以無此法哭拜不止凡五訴不見省方盛夏坐府門外以大艾灼頂至數十曾公適禱雨自外歸見之惻然使以狀來白無為

自苦明日立庭下曾閱狀未竟忽割左耳擲廳事洒血淋漓一府大驚曾為草奏而繫之獄以俟報父見而罵曰我年已老殺人償命自是本分汝有妻子何得如是及報下詔減父罪一等而釋惠明斷勅之至官吏欲驗誠偽詒以得請擁之入市惠明色無悔怖呼曰養子代老積穀防飢代父償命留名萬世至市曹始宣恩旨人咸嘆其孝誠時年二十有二

無無居士曰人誰不死死父則孝而孝死者

實難夫子之體親之遺也不幸而父犯大辟則凡可以輸身者皆弗計也故惠明之陳情指可釁則釁頂可灼則灼耳可割則割此身且不有矣何計餘枝耶以故聽獄者矜其情乃更爰書為奏請其哀之者深矣竟也刀未下而赦書下焉其誠也可驗已

人鏡陽秋卷十

孝部
人鏡陽秋卷十
二十九
環翠堂

趙氏女

宋趙氏女字娥父為同縣人所殺而娥兄弟三人俱疾物故娥陰懷感憤潛備刀兵常推車以候讐家十餘年不能得後遇於都亭刺殺之因詣縣自首曰父讎已報請就刑戮福祿長尹嘉義之欲解印綬令亡去娥不肯去曰怨塞身死妾之明分結罪治獄君之常理何敢苟生以枉公法後遇赦得免

無無居士曰古今孝女能推及他人者指不

一二數孝矣趙娥豈惟捐忿抑且伸寃觀其
請縣自陳凜凜剛風痛心快意交羨必欲含
笑歸地下焉即良吏欲寬之而不可得者秦
女休不得擅美於前矣

孝部
三十一
環翠堂

詹孝女

宋蕪湖詹氏女姿貌甚美母早亡父老而貧以六經教授鄉里稱為詹先生女與兄事之甚謹閒售女工以自給手抄烈女傳每暮夜必熟讀數四而後寢雖大寒暑不廢紹興初淮寇一窠蜂張遇自池陽来犯縣縣人皆竄其父泣謂女曰吾老矣死固無恨柰爾何女曰我父獨何憂我計久已決今日豈得俱生耶頃之賊至欲殺其父兄及将下女趨而前拜曰吾父貧且老殺

之何為觀將軍意不在金帛妾雖醜陋願奉巾櫛以贖父兄之命不然將併命於此無益也賊則舍之父兄皆得脱女麾令亟去曰無相念善自保我得為將軍妻無憾矣遂隨賊行數里過東市橋即躍入水而死賊歎愕不已女時年十七後數日其從兄夜夢女來别曰幸活吾父兄吾已死故與兄訣既旦兄慘慘不懌妻憸問之具以夢告大驚曰我亦夢來如予生亟相别去明日始知其果死

無無居士曰女子於倉卒危殆之際智足以脱禍勇足以明節非天分之賦稟必觀感之功深也詹氏女以父兄故詭隨於賊計其適遠即以死繼之其詭隨者其剛勁也是心也不惟賊不知雖父兄亦不知焉比其見夢而後審馬信得於烈女傳者多也視彼賣胭脂于馬前者豈不糞土哉

孝部　人鏡陽秋　三十三　環翠堂

孝部
人鏡陽秋卷十
三十四
環翠堂

鮑壽孫

宋鮑壽孫字子壽徽州歙人宋末盜起里中壽孫與父宗巖避地山谷間其父為賊所得束縛樹上將殺之壽孫拜前願代父死宗巖曰吾老矣僅一子若見殺宗祀絕矣吾寧自死賊兩釋之

無無居士曰鮑氏之慈孝為宗祊也夫賊縛其父未嘗要其子而子輟出身以代之其父念及宗祀不欲死其子求自死以全之竟獲

俱生其於慈孝之道昭矣

人鏡陽秋卷十

孝部
三十六
叢翠堂

危貞昉

皇明危貞昉字孟陽臨海人事親以孝聞其父孝先洪武辛亥進士再遷陵川丞坐法謫役江浦縣貞昉時為郡諸生聞之奔訴於郡守欲走代之守以其名隸學籍難其行貞昉號泣于庭曰人孰無父哉柰何獨沮於我也左右為之言獲如其請即日上道詣京師伏闕上疏曰臣父陵川丞孝先不幸維吏議輸作大江之濵筋力向衰不能執事而大母范氏春秋復踰九十旦

旦念之恐染霜露之疾無以遂其菽水之忱終天之恨或及其身臣犬馬之齒方殷願代父作勞使其歸養雖即死無恨　聖天子以孝治天下惟哀矜焉疏奏　上惻然從之貞昉乃解儒衣欣然就役以質體尫弱不勝負任之苦越七月病卒聞者皆悲之

無無居士曰危孟陽疏代親役豈徒寬父力於胼胝抑亦慰祖母於晨昏盖謫役久羈則倚閭之望切親闈岑寂則瞻屺之情悽孟陽

一代而二者交免信用情者兼有所隆矣何天不佑而以厄羸殘又何慰重堂之心哉噫

卷十終